遺体鑑定医　加賀谷千夏の解剖リスト

溺れる熱帯魚

小松亜由美

角川文庫
24400

目次

主な登場人物

加賀谷千夏（かがやちなつ） 京都にある神楽岡（かぐらおか）大学医学部法医学講座の法医解剖医。卓越した観察眼と技能を持つ。

久住遼真（くずみりょうま） 新人の法医解剖技官。横浜出身。虫が苦手。

柊　侑作（ひいらぎゆうさく） 神楽岡大学医学部法医学講座の教授。千夏と久住の上司。娘と二人暮らし。東京出身。

都倉晶穂（とくらあきほ） 京都府警察本部捜査一課の警部。府警初の女性検視官。千夏に絶大な信頼を置いている。

北條　秀哉（ほうじょうしゅうや） 京都府警察本部捜査一課の警部補。千夏と同郷で幼（おさな）なじみ。

鬼窪恒吉（おにくぼこうきち） 京都府警察本部捜査四課（通称マル暴）の警部。強面（こわもて）だが人なつっこい。

凶器を発見か？

大曲の花火師夫妻殺人事件　犯人はいまだ逃走中

昨年の12月25日深夜、打ち上げ花火製造企画販売の株式会社加賀谷煙火工業（大曲市××町一ノ××ノ××）の社長・加賀谷倫明さん(39)とその妻・千草さん(37)が何者かに殺害された事件で、二人の殺害に使われたとみられる刃物が、大曲市××町の用水路から発見された。発見場所は加賀谷夫妻の自宅からおよそ二キロメートルの距離。犯人が逃走中に投げ捨てたのか、加賀谷家前の用水路から流されたのか捜査を進めている。

刃物は刃渡り十八センチメートルの文化包丁で、血液は付着していなかった。大曲警察署はその刃物を凶器とみて鑑定を進めている。

加賀谷倫明さんの弟で加賀谷煙火工業の副社長・加賀谷俊明さんのコメント

「事件から早くも二十日以上が過ぎてしまい、残された家族や親戚は悲しみに暮れております。凶器から手掛かりが見つかり、犯人逮捕につながれば、兄夫婦の何よりの供養になります。少しでも人の心が残っているなら、犯人は自首してほしいです」

秋田北斗新報　19××年1月15日　朝刊

古刹（こさつ）の亡霊

1

蟬時雨が降りしきる早朝、風井蒼吉は箒を振り上げ、山門に向かって参道を駆け抜けた。

「こん寺に幽霊なんか出ぇへん！　見せもんちゃうで！」

碧永寺の門前で、スマートフォンを片手にたむろしていた若者らは「何や、あのジジイ」「怖い！」と、蜘蛛の子を散らすように竹林の小径を逃げて行った。

「ウチの寺は釈迦如来と香炉で有名なんや！　見る気ないなら来んでええ！」

逃げ去る集団に向かって蒼吉は叫ぶ。何人かは遠巻きに、碧永寺や蒼吉にスマートフォンを向けていたが、蒼吉が再び箒を振り上げると、慌てて逃げて行った。拝観料を払って参拝しようとする者は誰一人いない。

碧永寺の門前に再び静寂が戻る。

蒼吉は大きな溜息をつくと、激しく噎せた。最近、咳が止まらない。幼い頃に患っていた喘息がぶり返したのだろうか？

「蒼吉、大丈夫か？」

蒼吉の背後から声をかけてきたのは、住職の緑山栄萌だ。蒼吉とは幼なじみの間柄で、蒼吉を寺男として傍に置き、蒼吉の妻の風井寧子にも碧永寺の管理を任せ、絶大な信頼を寄せている。栄萌の妻の緑山葉子は要介護状態で、なおさらに風井夫妻を頼っているのだった。

「ただの夏風邪やろ。たいした事あらへんわ」

「蒼吉がいいひんなったら、こん寺は終わりやで」

「住職が、何を気弱なこと言うとんねん。ワシ一人ぐらいで」

「今回のことやって、蒼吉が野次馬を追い払うてくれなんだら、寺はメチャクチャになっていたがな。いつも蒼吉と寧子はんには、迷惑かけてばかりやな。葉子は寝たきりやし……」

数日前にインターネットで「碧永寺に幽霊が出た」といった内容の動画を配信されてしまったのだ。これまで観光客の少なかった碧永寺は好奇の目にさらされ、またたく間に若者らが押し寄せるようになったものの、集まった者は皆、動画か写真撮影が目的で、碧永寺に興味を持つ者はいなかった。

「全員が拝観料を払うて本堂まで入ってくれたら、赤字経営がなくなるんやけどな」

蒼吉の前向きな言葉に、栄萌は笑う。

「――せやな。若いもんにも、碧永寺の良さを分かってほしいわ」

「しかし、この騒ぎはしばらく続くやろうな。まったく、ネットっちゅうもんは、テレビよりも厄介やわ」

「ほんま、便利なのか不便なのか、分からん世の中になってしもたわ……」

その時、庫裏の方から、男同士が怒鳴り合う声が聞こえてきた。

「早よ出て行け！　居候のくせに！　寺は俺が継ぐんや」

「黙れ！　長男は俺やぞ！」

「銀行をリストラされて無職のくせに、偉そうに言うなや！　僧侶の資格も持っとらんやろうが」

栄萌の長男と次男は、跡目を争って口論が絶えない。さらに、素行の悪い三男も尾羽打ち枯らし舞い戻り、栄萌の頭痛の種は尽きないのであった。蒼吉と栄萌は苦笑して顔を見合わせる。

「まったく、寺の外でも中でも揉め事が尽きん。我が息子ながら、情けないわ――」

「次男の萌仁がしっかりしとって、良かったやないか。次男坊に継がせるんやろ？」

「そうしたいんやが……」

栄萌は管理の行き届いた庭を見渡す。すべてが蒼吉の仕事ぶりだ。

「──変わらんのは、この庭ぐらいや。息子ら、みぃんな変わってしもた」

「せめて、ワシらは変わらんようにしたいわな」

「せやな……。さぁて、お勤めに戻るか。今年も紅葉が見事やろな。秋が楽しみや」

「無理すんなや」と、栄萌は蒼吉の背中を撫(な)で、本堂へと姿を消した。

蒼吉は栄萌を見送ると、また少し咳(せ)き込み、胸を押さえながら山門へ向かった。

2

澄んだ空気の中、甘い芳香がする。

春先になると漂うこの匂いは何だろう。いつも確かめずに終わってしまうけど好きな香りだ──と、久住遼真(くずみりょうま)は香りの源を探して竹林の中をきょろきょろと見回した。

「久住はん、どないしたん？」

立ち止まった久住に声をかけてきたのは京都府警捜査一課・検視官の都倉晶穂(とくらあきほ)である。都倉は訝(いぶか)しげに、久住が顔を向けている方に視線をやった。緩くウェーブのかかった短めの黒髪が、春風にそよぐ。

「いえ……。たいしたことじゃないんです。この匂いの正体が分からなくて……」

「沈丁花じゃないかしら」

すぐにそう答えたのは、神楽岡大学医学部法医学講座の助教、加賀谷千夏だ。

千夏が「ほら」と、指差した先には、紅紫色の小さなぼんぼりのような花がたくさん咲いていた。久住はかがんで見入ってしまう。

「この花、ジンチョウゲっていうんですね！　初めて知りました」

「何や久住はん、沈丁花も知らんの？」

「都倉さんは、ご存じだったんですか？」

「このぐらいなら、知ってて当たり前やで。ウチの近所の街路樹下にも、ようけ咲いてるわ」

と、なぜか都倉が胸を張ったので、久住は少し笑ってしまった。

千夏が腕時計に目をやり「急ぎましょうか」と、竹林の小径をスタスタと先に行ってしまったので、久住と都倉は慌てて後を追う。都倉が途中で千夏を追い越し、先導する。

久住は千夏の揺れるポニーテールを眺めながら、やはり藤の花が一番似合うと、ぼんやり考えていた。子供の頃、日本人形を怖がっていた久住は、まだ千夏に藤娘のイメージを重ねていたが、以前ほど苦手ではなくなった。それは「千夏も血の通った人間である」と、自覚することが多くなったからだろう。久住は、千夏の喜怒哀楽が徐々に分かるようになった。

もしかしたら、千夏を近寄りがたい人間と、勝手に決めつけていただけかもしれない――。

鳥の囀(さえず)りに誘われ、竹林へ視線を逸(そ)らす。うっすらと朝もやが煙り、とても静かだ。

昨年の今頃は、まだ保健学科の学生で、臨床検査技師国家試験の合格発表を待っていた。それが今、こうして検案の現場に出向いたり、司法解剖の補助に入っていたりするとは信じられない。一年前の自分が見たら驚くだろう。わずか一年とはいえ、ビビりの自分が、この解剖技官の仕事をよく続けられたものだと――。

最初はくじけそうになって、横浜(よこはま)に帰ろうかと何度も思ったが、解剖や検案の場数を踏むたびに仕事が楽しくなってきた。柊(ひいらぎ)教授に怒られたり、千夏に諭されたりすることもしばしばだが、一年前の自分の心境とは全然違う。

千夏や柊教授から、色々なことを学びたい――。

「そこの角を右に曲がれば、現場のお寺ですわ」

都倉の言葉で、久住は我に返った。

都倉は花粉症なのか、くしゃみが止まらず「ほんまにこの時季はアカン。仕事にならへん」「目ん玉取り出して、洗いたいですわ」と嘆く。普段はまったく笑わない千夏が、都倉の冗談に目を細め、口元が少しほころぶ。それに気づいた久住は嬉しくなった。

京都市右京区、奥嵯峨の竹林のさらに奥深くにある臨済宗の仏閣・碧永寺で僧侶の異状死体が発見され、久住ら三人は検案のため現場へ向かっている。都倉ら警察は遺体の状況から、早々に殺人事件と断定し千夏に検案を依頼した。

碧永寺付近の竹林は車両が通れず、一番近い駐車場には警察車両がひしめき、三人も徒歩で現場へ向かうしかなかった。駐車場から現場の寺までは徒歩で五分ほどの距離だ。

奥嵯峨は嵐山の北西方向約二キロの範囲に広がる地域である。碧永寺は祇王寺や二尊院、落柿舎にも近いのだが、観光客の足が遠のくのか、今まではほとんど来訪者がなかった。

「それが一夜にして、どっと観光客が碧永寺に押し寄せましてん。テレビ以上に、ネットの力は恐ろしいですわ。どエライ騒ぎでしたで。動画配信なんかまったく見ないウチでも、騒動の全容知ってますし。加賀谷先生は知ってはる？　――ああ、やっぱり知らんか。先生、ネットもテレビも見ぃひんもんね」

昨年の夏、碧永寺は動画配信者によって大迷惑を被った。アイチューブという動画配信サイトで活動する心霊系アイチューバーが「碧永寺に白い着物を着た女の幽霊が出る」との動画を配信したからだ。それ以来、見物人が殺到し、碧永寺の関係者の平穏な生活は無秩序な見物人によって破られてしまった。

夏の終わりに動画はやらせであることが発覚し、動画配信チャンネルはSNSで大炎上、チャンネルは閉鎖、動画配信者はアイチューブ活動を止めることを余儀なくされた。今年に入り、やっと元の静寂が戻ったかに見えた。

「番組自体は面白かったんですけどね……。出演メンバーもキャラが強烈だったし。更新が楽しみだったのに、残念です。でも……、バズるなら何をしてもいいというスタンスは、許せないですね。人様に迷惑をかけてはダメです」

憤る久住に、都倉が驚く。

「久住はん、あのチャンネル見てたん⁉ 怖がりなのに意外やな」

怖がりと決めつけられたのは心外だ。久住は少しムッとする。

「――そりゃ、デカい図体して、自分は怖がりですけど」

「そこまで言ってへんわ」

「怖い物見たさっていうか……」

「まあ、作り物と分かっていたら、さすがに怖くもあらへんか」

「そうですね……」

ここで千夏が「『バズる』とは何か？」と訊いてきたので、久住と都倉は二人がかりで説明する。千夏はすぐに理解したようだったが、動画配信にまったく興味がないのか、それ以上の質問はなかった。

「加賀谷先生が見るようなもんは、あらしませんし」

「そうですよ！　先生が知らなくていい世界ですからね」

千夏にはネットの世界に染まってほしくない、このままでいてほしいという久住の勝手な願望だが、どうやら都倉も同じらしく、久住は安心してしまった。

「――まあ、そないな騒動があった寺で異状死体が発見されたんは、何の因果やろか……。アイチューバーのやらせ騒動と関係あるんか、よう分からんですわ。――ああ、ここですわ」

質素な造りの山門が姿を現した。古めかしい木の扁額には「緑王山碧永寺」と書かれてあるが、長年風雨にさらされたせいで何とか読める程度だ。

山門の前では、小柄な高齢男性が背中を丸めながら竹箒で小径を掃いている。縹色の作務衣姿の所を見ると、碧永寺の関係者だろうか――。

「ああ、お寺の前に誰かいますよ。――こんにちは」

久住が二人を追い越し男に駆け寄ると、男は一瞬だけ目を細めた。

「――へぇ。おいでやす」

胡麻塩頭で眉間の皺が深い男は掃き掃除の手を止めず、不愛想に頭を下げた。

「碧永寺の方ですか？」

「そうどす。寺男をしております」

「寺男？」

首を傾げる久住に、男はやっと箒の手を止め、呆れたように久住を見上げた。

「何や。あんさん、寺男も知らんの？」

「ええ……。すみません」

大柄な久住が身を縮こませると、男は少し笑った。

「寺男っちゅうんはな、寺の雑用係や。まあ、今はそんな呼び方はせぇへんから、若い人らは知らんやろうなぁ」

「初めて知りました！　教えてくださって、ありがとうございます」

素直に頭を下げる久住に心を開いたのか、男は段々と饒舌になる。

「何やったっけ……？　あの、パソコンやらスマホやらで見られる——せや、アイチューブか？　去年の夏は、そのアイなんたらっちゅう人のおかげで、見物人がぎょうさん押し寄せて大変やったんやで。ワシも一時は、どうなることかと思ったわ」

「お察しします……」

「その番組を好んで見ていた」などと口にしたら怒られそうだと、久住は聞き役に徹することにした。

「こん寺になんか、幽霊なんぞ出ぇしません。ワシは小さい頃から寺に出入りしておりましてん。一度も見たことあらへんわ」

聞けば、男は亡くなった僧侶の幼なじみらしい。風井蒼吉と名乗った。

「やっと静かになった所やったのに、こないなことになってしもて……」

風井は肩を落としながら、参道の奥に視線をやった後で、久住を見上げた。久住は何と答えたらいいのか分からず、ただ黙るしかなかった。

「──白衣を着とるっちゅうことは、警察の人やないんか」

「僕たちは法医学講座の者で、亡くなった方を調べに参りました」

「そやったんか……。よう視てやってくれへんか。栄萌の三人の息子らが、ごっつう情けないんよ。ウチが栄萌やったら、死んでも死にきれんわ。昨年の騒動が終わったと思ったら、今度は三兄弟の揉め事抱えて、栄萌は亡くなる間際まで気苦労が絶えんかったんよ。あの世では、せめてゆっくり休んでほしいんやけど……」

風井は「殺されたんやったら、ますます成仏できへんわな」と、大きな溜息をついた。

「お坊さんを手にかけるなんて、バチ当たりですね……」

「ホンマに。ワシが栄萌の代わりに、犯人をぶん殴ってやりたいわ」

風井は落ち込んでいたかと思えば、今度は拳を震わせて怒りだした。風井の握っている竹箒が折れそうだ。

「ああ、長話に付き合わせてしもた。堪忍え。――ここをずうっとまっすぐ進んで、左に本堂の入口がありますよって。その反対側に詰所があるさかい、誰ぞ人がおるやろ」

「ありがとうございます」

久住が頭を下げた所で、都倉が駆け寄って来た。

「久住はん、ここで何してはんの？　加賀谷先生、先に行ってしもたで」

「ああ、すみません」

「ほな、行きましょか」

久住と都倉は参道を小走りに本堂へ向かう。風井に背後から「参道を走ったらあきまへんえ！」などと叱られるかと思いきや、風井の姿は見えなくなっていた。恐らく垣根の陰に隠れてしまったのだろう。竹箒で小径を掃く音に混じって、風井が咳き込んでいるのが分かる。少し苦しそうだが、大丈夫だろうか？　都倉に急かされ、後ろ髪を引かれる思いで本堂に向かう。

石畳の参道の両脇には垣根が続いていたが、都倉いわく躑躅らしい。植物に疎い久住は、今日で沈丁花の他に躑躅の存在を知った。「躑躅ぐらいは知ってると思ったわ」

と、都倉は呆れ顔である。

　山門は質素だが本堂までは遠く、予想以上の大伽藍だ。いくらまっすぐな参道でも都倉がいなかったら本堂まで辿り着けなかっただろう。参道の右手には鐘楼があり、青銅色で大きな梵鐘が吊るされている。大きな鐘を間近で見たことのない久住は、口を半開きにしたまま目が離せず、都倉の背中にぶつかりそうになった。

　鐘楼の横には枝振りの見事な松が生えている。松の根元には青々としたビロードのような苔が広がっていた。

「久住はん、苔を踏んだらあきまへんえ。苔の成長速度は、一年で数ミリメートルから数センチやで」

「えっ！　そんなに遅いんですか？　これぐらいに成長するまで、かなりの年月が経っているってことなんですね……」

　苔を眺めてしみじみしている場合ではない。本堂では千夏が待っているはずだ。少し小走りに都倉の後に続く。

　風井の言ったとおり、左前方に本堂の入口が見え、黄色の規制線が張られていた。鑑識や捜査員が忙しなく往来していて、都倉が姿を現すと皆が立ち止まって敬礼をした。検視官補佐の男が少し慌てた様子で都倉に歩み寄って来た。

「加賀谷先生は、すでにホトケさんを視ておいでです」

都倉は頷くと、久住に「早よ行かんとな」と手招きする。

　本堂の玄関は右手に拝観受付の小窓があり、左手にはスリッパの入った木製の靴棚が並んでいる。都倉と久住はスリッパに履き替え、鶯張りの長い廊下を進む。本堂が近づくにつれ、線香とはまた違ういい香りが漂ってきた。お香だろうか、と久住は何度もその匂いを嗅ぐ。

　襖や障子が開け放たれた本堂は、百畳はあろうかという広さで、神社仏閣になぞ好んで行かない久住はそれだけで圧倒された。真ん中には大きな仏が鎮座しているが、久住には何の仏様か分からない。

「ウチも仏像に詳しないから、さっき訊いたんやけど、釈迦如来やって。臨済宗の御本尊らしいやん」

　碧永寺の釈迦如来は一木造だ。平安時代末期、碧永寺の開山と共に開祖が作製したという。光背や螺髪、衲衣の一部に欠けやひび割れが見られるが、全体的に飴色の光沢があり平安末期の作とは思えないほど保存状態が良い。少し面長な御尊顔はわずかに微笑むアルカイック・スマイルで、左手は与願印を結んでいる。

　久住は思わずその場で両手を合わせ、千夏の姿を捜して本堂内に足を踏み入れると、より芳香が強くなった気がした。久住が匂いのする方へ視線をやると、釈迦如来が鎮座する須弥壇の右奥壁面に床の間が設えられていた。そこに置かれた青磁製の香炉か

ら煙がゆるゆると立ち昇っている。都倉もその香炉を見つめながら、

「こん寺の住職は、代々香炉を収集しはっていてな、年に一度は香炉の展覧会を開くほどやったんやて。香炉の好事家からは『香炉寺』と呼ばれているらしいんよ」

言われてみれば、寺のあちらこちらに珍しい形の香炉ばかりが飾られている。中には魔法のランプのような香炉もあり、まったく興味がなかった久住も目移りするほどだ。香炉を眺めながら千夏の姿を捜すと、釈迦如来の背後から捜査員が出入りしているのに気づく。

「ホトケさんはこっちです。この裏に物置があるんや。取りあえず現場保存して、ホトケさんの着衣はそのままにしてるさかい」

都倉に案内され、御本尊を通り過ぎて裏側に回る。仏像の背中を初めて見る久住は、しばしの間足を止め、見入ってしまった。

物置は八畳ほどの広さで、座布団や布団が積み上げられていた。棚には焼香炉や燭台（しょくだい）などが並んでいる。どれも綺麗（きれい）に手入れされ塵（ちり）ひとつないが、それらのいくつかが倒れたり畳に落ちたりしている。よく見ると、座布団や布団も一部が乱れていた。

「ここでホシと揉み合ったんやな」

と、都倉が誰にともなくそう言った。

抹香の匂いに血腥（ちなまぐさ）い独特の臭気が混じる。久住はこの仕事に就いてから血液の臭い

に敏感になってしまった。

作務衣姿の高齢男性が、押入れの前に仰向けで倒れていた。その傍らに千夏が跪いている。再び遺体に視線をやった久住は、ギョッとした。

両手首から先がないのだ。

作務衣の袖はどす黒い血液でぐっしょりと濡れている。

久住と目が合った千夏は、冷静に「死後の切断のようね」と言う。

少し観光気分で浮わついていた久住に緊張感が戻ってきた。血液の臭いと緊張のせいで少し胃がむかつきはじめたが、とても言いだせる雰囲気ではない。何度も生唾を飲み込んで吐き気を堪える。

右京警察署の係長は珍しく若い女性だが、現場では誰よりも機敏に動いていた。久住と都倉が物置に入って間もない内に「お疲れ様です！」と素早く飛んで来て、遺体の身元や状況を説明しはじめた。

「ホトケさんは、この寺の住職、緑山栄萌です」

「歳は？」

都倉の問いに係長は「六十八歳です」と答えた。

異状死体の発見現場が寺院で「ホトケさん」はややこしい、と久住は物置の入口から御本尊の背中に目をやる。係長の説明を聞きながら千夏の隣に移動し、検案道具の準備を始める。

「第一発見者はここで事務や経理、観光客の対応などを担当してはる風井寧子です。年齢は六十七歳です」

風井寧子の供述によると、いつもは午前六時に起床してくるはずの住職が台所に来ないため、寺中を捜し回ったが姿が見えなかった。朝食を作り終えたところで、午前六時半頃に住職の次男が起きてきた。住職の行方をたずねると、次男も「知らない」と言う。「朝の散歩にでも行ったんだろう」と次男が言うので、そうかもしれないと納得した。午前七時になると長男が起きてきた。三男はいつも昼過ぎに起床するという。父親と次男は一緒に朝食をとるが、長男、三男はそれぞれいつも一人らしい。

八時になっても住職の行方がわからないことから、風井寧子はそろそろ警察へ連絡しなければと思いはじめていたが、長男と次男はまったく心配していない。少し呆れながら、今日の法事の準備をしようと、本堂の御本尊裏の物置に座布団や掃除機を取りに行ったところ、住職の遺体を発見し腰を抜かした。

「ほんで、風井寧子はすぐに一一〇番に電話したとのことです」

「なるほど。――まあ、両手首の切断現場もここやろな」

久住が都倉の視線を追うと、住職の身体の下に黒々とした血だまりと、切断に使われた刃物が畳を抉った痕跡があった。体外に流れ出た血液は時間が経過すると酸化して黒くなる。久住は学生時代に患者の血液しか見たことがなかったので、初めて腐敗した血液を目にした時は、こんなに黒くなるのかと衝撃を受けた。

「住職の息子らも、ここで一緒に住んでるん？　兄弟何人やったっけ？　一人は住職と同じ坊さんやなかったか」

都倉の質問に係長は、手にしていたクリップボードの書類をめくる。

「住職の家族構成は……誰が一緒に生活していたかは、ただいま確認中です。住職の妻の緑山葉子は要介護状態で、ほとんど歩けませんわ。主に風井寧子が世話してはったみたいです」

都倉と係長の会話の間にも、千夏は遺体の顎や腕、足を触るなどして硬直の度合いを確かめていた。千夏がすでに使い捨ての手袋をはめていたので、渡し損ねた久住は慌てて自分もはめた。

「住職の身辺は後でまた聞くさかい。——ほな加賀谷先生、検案始めましょか。いつもどおり、私が書記を務めます」

千夏は頷くと、都倉に向かって「よろしくお願いします」と頭を下げた。久住も千夏を真似て礼をする。都倉は腕時計に目をやり、

「ちょうど午前十時やな。神楽岡大学医学部法医学講座の加賀谷千夏先生による、緑山栄萌の検案を始めます。黙禱」

千夏は白衣のポケットから数珠を出し、遺体に向かって手を合わせた。久住も白衣のポケットをまさぐるが、数珠が入っていないことに気づく。通勤用のリュックに入れっぱなしだったことを思い出し、背中に冷や汗が伝うが、仕方なくそのまま目を瞑り合掌する。検案現場に少し慣れたかと思ったのに、忘れ物をするとは——。

大柄な久住は声が小さいのが悩みだった。それがこの一年で改善されて、解剖室や検案現場でも褒められることが多くなったのに。忘れ物が直らないようでは、自分の成長は一進一退ではないか。久住は検案前から気が重くなった。

「右京署で何人か、手ぇ貸してくれへん？　住職の衣服を脱がすんや」

都倉が本堂に向かって声をかけると、数人の署員が物置に駆けつけた。横たわる住職を数人がかりでグレーシートの上に寝かせると、すぐに作務衣を脱がせて全裸にする。久住もそれを手伝ったが、数珠を忘れたことが尾を引き、頭の中が真っ白で、どこをどう脱がせたのか分からない。

遺体の両腕や腹、左右の太ももに青痣がついていた。都倉は遺体の全身を見渡し、

「ホシと揉み合った時にでも、できたんやろか？」

千夏は「その可能性が高いです」と返答した。

「久住くん、物差しをちょうだい」

「…………」

久住は、千夏が手を伸ばしているのに気づかない。

「久住くん？」

「えっ⁉　あっ！　すみません！」

久住は検案道具の入った革製のボストンバッグからステンレス製の物差しを取り出し、千夏に渡す。

「具合でも悪いの？」

「何でもないです」と、久住は無鉤ピンセットとメジャーも取り出した。検案に集中しなければ、と自分を追い込むほど焦ってしまう。

「検案道具の忘れ物がなければ、大丈夫。慌てなくていいから」

千夏は、久住のことなどすべてお見通しだった。久住は顔を真っ赤にしながら小声で「すみません」と謝る。慣れた頃に調子に乗って、ミスをするのが自分の悪い癖だ。

久住は深呼吸をすると遺体に向き直る。

「本屍の氏名は緑山栄萌、性別は男性、年齢は六十八歳。身長は――」

ここで久住はメジャーで、素早く測定する。

「百六十センチメートルです」

「体重は不明、栄養状態は貧、体格は中等度、皮色は蒼白、死斑は背面で軽度発現。紫赤色調。指圧で消褪しない。硬直は全身の諸関節で高度に発現――」

久住は手にしていた無鉤ピンセットを千夏に渡す。千夏は頷く。「ありがとう」という意味だ。

「続いて、頭部と顔面に移ります。禿頭で毛髪はなし。後頭部に半手掌面大の赤紫色の変色斑を一個認める。倒れた時に打った可能性があります」

都倉は書記の手を止め、住職の頭部を両手で触る。

「タンコブみたいなんが、できてますわ」

久住は遺体の顔面に注目する。

頭蓋底に骨折が生じると、いわゆるブラック・アイと呼ばれる瞼の出血や、耳の後ろにバトル徴候という出血が見られる、しかし、住職にはその兆候がまったくない。よって、住職には死因に直結する頭部外傷はなさそうだ――と、久住は内心判断した。

「後頭部は血腫になっているかと。――続いて顔面に移ります。両眼は閉じる。角膜は左右とも微濁。瞳孔は左右とも正円同大で、直径〇・四センチメートル。眼球結膜と眼瞼結膜に蚤刺大の溢血点を十個ずつ認める。鼻骨に異常な可動性を認めない。鼻腔内に異液を容れない。口は軽く開く。口唇は乾燥――」

頭部と顔面を視終えた千夏は、遺体の首に移る。首の皮膚を視た途端、千夏は顔を上げた。

「都倉さん、これ――」

都倉の背後から、久住も住職の首を覗き込んだ。

「まぁ、くっきりと残ってますわな。――扼痕」

住職の首には、指の痕跡が残っていたのだ。久住は息を呑む。両手首の断面に気を取られ、全然気づかなかった。

「扼殺で決まりですね。殺した後、手首を切断したんやな」

「扼頸なら、窒息ですよね？　顔面に鬱血の所見が見当たらないんですが」

久住が尋ねると、千夏は表情を変えず手招きする。柊教授なら「どうして勉強していないんだ」と一喝するところだ。久住はおずおずと千夏の隣に移動した。千夏は住職の首と顔面を指差しながら丁寧に説明する。

「扼頸だと、すぐに手や腕などの圧迫が解除されるから、顔面の鬱血は分かりづらくなることが多いの。扼頸は『気道狭窄』『頸部血管閉鎖』『頸部神経圧迫刺激』のいずれかを辿るのよ」

「溢血点は出ていましたよね？」

千夏は、無鉤ピンセットで遺体の眼瞼をもう一度めくる。

「そうね。見える？」

「はい……。眼球結膜と眼瞼結膜に見えます」

「頸部の神経が圧迫されて、心臓が止まったのなら溢血点が弱く発現するか出ない場合があるわ」

「それなら住職は、気道狭窄か頸部血管閉鎖の可能性があるということですね」

「そのとおりよ」

千夏は検案中であっても、久住の質問を適当にあしらうことなく最後までちゃんと教えてくれる。久住にはそれがありがたかった。久住は白衣のポケットからメモ帳を出して、千夏の言葉を漏らすことなく書いた。

「都倉さん、首の所見を続けます。――頸部に拇指頭面大から小指頭面大の赤紫色変色斑を十個認める。三日月形の表皮剝脱を八個認める」

扼痕の周囲には、細かな表皮剝脱が無数に見られた。住職が抵抗したとされる証拠は、主に警察の間で〈吉川線〉と呼ばれる。

「吉川線もありますね。ホシは、住職の真正面から首を絞めてますわ。右手が上になってるようやけど、右利きやろか？」

都倉は再び書記の手を止め、遺体の首に残った犯人の指の痕に自分の手を重ねる。

「扼痕だけでは、利き手を特定するのは難しいです」

「これだけ強く絞めたんなら、ホシの爪の間に住職の皮膚が残ってそうやけど」

「証拠隠滅のために、強めに手を洗っているでしょうね」

都倉は千夏の言葉に「確かに、そうですわ」と頷きつつ書記に戻った。

遺体前面の検案を終えて遺体をうつ伏せにした時、右京署の警察官が静かに物置に入って来て、係長に何やら報告している。係長はそれを聞きながら少しうんざりした表情だ。

「何か分かったんか?」

都倉の問いに、係長は大袈裟に溜息をついた。

「それがですねぇ……。住職一家の素性なんですが……」

住職の子供は、実の息子が三人。

僧侶の資格を取った次男・萌仁が寺を継ぐものと思われていたが、銀行員だった長男・亘萌が突然舞い戻ってきて「寺を継ぐ」と言いだし、跡目争いが勃発した。亘萌は長年勤務してきた銀行をリストラされて行き場がなくなり戻ってきた。

萌仁は「兄さんが寺を継ぎたくないと言ったから、自分が夢を諦めて仕方なく僧侶になった」と、兄を寺に入れようとしなかった。亘萌は「自分はこの家の長男だから、家督を継ぐ権利はある」と主張し無理やり寺に居座った。

一方、三男・萌翔は根無し草のような生活を続けており、祇園でバーテンダーをやっていた。「寺の面汚し」と父親に勘当を言い渡されていたものの、借金で首が回らなくなり、寺の財産を目当てに、亘萌同様舞い戻っていた。しかし、寺の手伝いをするわけでもなく、若い女性の観光客を時たま相手にするものの、ほぼニートのような生活を送っていた。

「住職もお気の毒やな。そないな息子ら三人も残して……。住職の奥さんは？」

「寝たきりですが、意識ははっきりしてはって、かなり動揺しているようですわ」

「せやろな」

「風井寧子は……」

「風井？　誰やったっけ？」

事件関係者が多すぎて、都倉も混乱しているようだ。都倉はしっかりしているように見えるが、たまに抜けているところがあるので、久住は勝手に親近感を持っていた。

「この寺で住み込みで働いている――」

「ああ、第一発見者やったな。彼女がどうしたん？」

「『三男の萌翔が犯人や。寺の金を持ち逃げした前科がある』と、騒いでおりまして……。長男と次男は跡目を争って犬猿の仲でしたが、二人とも今のところ素行に問題はなく……。長男は二年前に離婚歴があり子供はいません。次男は真面目で住職からの信頼も厚かったようです。それに比べて三男は素行が悪く、住職に勘当されたんは風井寧子の言うとおり、碧永寺の金を持ち逃げしよったみたいで」

第一発見者というだけで、風井寧子が怪しいと久住は思い込んでいた。しかし、これまでの背景だと三男が断然怪しい。いや、三人が共謀した可能性もあるのではないか、と久住は推理を膨らませる。一方の千夏は、都倉らの会話には耳を貸さず、遺体の背面と後頭部を丁寧に観察している。

「物盗り(ものと)のセンはどうや？　侵入形跡はあったんか？」

「今の所、まったくありません。どこも荒らされた形跡はなく、窓のガラスも玄関の鍵(かぎ)も無事です。ゲソ痕(こん)も出ませんわ。まだ鑑識作業の途中ですが——」

「ゲソ痕」とは、確か足跡のことではなかったか。久住は白衣からメモ帳を取り出し、確認する。警察の隠語はたくさんあって分かりづらいのだ。

「よし、分かった。——ああ、加賀谷先生、中座してすんません。背面の続きをお願いします」

「背中や腰にも変色斑(はん)が数カ所見られます。頭部と同じく、倒れた時に打ったのでしょう」

「ホシと揉(も)み合って、倒されたっちゅうことですな？」

千夏は無言で頷(うなず)いた。

「都倉さん、背中の所見を言いますね。中背部正中やや右側に、半手掌面大の青紫色変色斑を一個認める——」

背中の青痣(あおあざ)は全部で五個あった。おそらく皮下や筋肉にも出血がありそうだ、と考えながら、久住は検案道具を片づけはじめる。

「住職の死亡推定時刻は、昨晩やね」

「はい。直腸温と硬直の程度、角膜の混濁具合から、おそらく、日付が変わる前ではないでしょうか。両手首の切断はその後になるかと。犯人と本屍は争った形跡がありました。本屍の両手首には防御創がありそうですね。おそらく、犯人の両手にも傷が残っているのではないでしょうか」

都倉は腕時計を見ながら、

「加賀谷先生に司法解剖の令状を出します。遺体の搬入は何時がよろしいですか？今は十二時少し前やけど」

「それでは、午後二時で」

都倉が頷くと、係長がスマートフォンを片手に物置を出て行く。数分後に戻って来ると同時に、右京署の捜査員が緑山栄萌の遺体を担架で搬出して行った。

検案が終わり、久住らは物置から本堂へ出る。右京署の捜査員らはまだ忙しく動き回っていた。都倉は本堂を見回し、

「ゲソ痕も出ぇへんし、どこも荒らされた形跡はなし。強盗目的なら、香炉か仏具を盗めばええ話やしな……。詰所の方へ行けば金庫もあるやろし。その青磁製の香炉、いくらぐらいするんやろ」

「帳簿の管理をしていた風井寧子から聞きました。百万やそうです。その隣の、清水

焼のは五十万」

「ひゃ……!?」

係長の答えに、都倉と久住は驚く。千夏は興味がないのか、無反応だ。

「寺院経営ってのは、儲(もう)かるんやろか……。同じく死者に接する仕事なのに、法医学とはエライ違いですわな。ねえ？　加賀谷先生」

「はい……」

都倉の言葉に、千夏は困惑気味だ。

本堂の参拝者受付を出た瞬間、久住は思いきり深呼吸をした。マスクをしていたとはいえ、埃(ほこり)っぽく湿った物置にいたものだから、息苦しくなっていたのだ。それは千夏も同じだったようで、庭木に目をやりながらマスクをはずし、大きな溜息をついた。

本堂から参道を挟んで向かい側に寺の関係者が待機する詰所があり、そこから棟続きの建物は庫裏(くり)のようだ。家屋の外には狭いながらも立派な庭園が広がっていて、小さな池まである。鹿威(ししおど)しの音が殺人現場にはまったくそぐわない。縁側には、人間たちの騒動を他所(よそ)に真っ白な猫がだらしなく寝そべっている。何と神経の図太い猫だろう、と久住は感心する。縁側の奥は座敷で、雪見障子が開け放たれていた。

座敷には四名の男女が神妙な面持ちで正座し、捜査員らしき人物と会話をしている。事情聴取を受けているのだ。右京署の係長が座敷を指差し、

「あそこに集まっているのが、緑山家の三兄弟と風井寧子ですわ」

「三兄弟の年齢は？」

　都倉が尋ねると、係長は緑山家の情報を完全に把握したのか、手帳も見ずに答える。

「長男は四十五歳、次男は四十二歳、三男はああ見えて四十歳です」

　頭髪を後ろに撫(な)でつけ、メガネをかけてエリート然としているのが長男の亘萌。表情は見えないが、作務衣(さむえ)姿で坊主頭の男が住職の跡継ぎとされていた次男の萌仁だろう。ジーンズに派手なスカジャン姿で、縁側の白猫同様だらしなく座っているのが三男の萌翔だ。風井寧子は座敷の隅で正座し、ハンカチで目元を押さえながら小さくなっている。

「緑山葉子は起き上がれませんので、自室です。事情聴取はすでに終わってまして、住職の死亡推定時刻には、ぐっすり眠っていたらしいですわ。このところ夜に眠れず、かかりつけの病院から、軽い睡眠薬を処方されていました」

　久住は風井蒼吉の姿を捜す。すると、庭と竹林の小径(こみち)を隔てる垣根の向こう側から竹箒(たけぼうき)の音が微(かす)かに聞こえてきた。こんな時まで掃除しているのか、と久住は少し呆(あき)れてしまった。おそらく、一足先に事情聴取が終わったのだろう。先入観は禁物だが、住職の幼(おさな)なじみなら犯人のわけがない。あんなに住職を心配していたのだから——。

「昨晩、物音を聞いた者は、誰一人おりませんでした」

「外部からの侵入形跡がないとなると、完全に内部犯やな。要介護の緑山葉子は被疑者からはずすとして、残りあの四人か……」

「単独犯だとしたら、小柄で痩せ気味の風井寧子も無理そうですよね」

久住が口を挟むと、都倉は大きく頷いた。

「せやな。久住はんの言うとおりや」

「さっき、風井寧子の両腕を見せてもらいましたが、古傷ぐらいで何もなかったですわ」

「三兄弟は、どやったん？」

「それが……。三人とも怪しかったです」

「何ぃ!?」

「三人に、新しい擦過傷や青痣があったんですわ。長男は庭いじり、次男は野良猫を追っかけて、三男は女にやられたとかで……。実際に長男には園芸の趣味があり、庫裏の裏庭で色んな植物や野菜を育てているそうです。あと、この辺は野良猫が多く、いつも次男が追い払う役目やったみたいです。前に『猫ひっかき病』で、入院寸前の目に遭うたそうですわ。三男はしょっちゅう祇園や先斗町などの繁華街に出かけては、揉め事起こしてるそうです」

係長からの報告を聞いた都倉は少しげんなりした様子で、

「ほな、引き続き頼むわ」

「分かりました！」

　係長は都倉に敬礼すると、詰所に駆けて行った。

「誰が住職をバラしたんかは一旦置いといて、手首切断の謎もまだ残っとるな」

「ダイイングメッセージを書かせたくなかったから、とか」

　久住の荒唐無稽な推理に、都倉は噴き出す。

「死んでから切断しても、遅すぎますがな」

「こういうのはどうですか？　遺棄するために物置でバラバラにしようとして、時間がなくて途中で止めたとか……」

「バラバラにするんやったら、普通は風呂場なんかの水場でやりまっせ。血液や脂肪が飛び散りますから。バラバラ殺人は、水道メーターですぐに分かりますよって」

「そうですよね……」

　と、久住は肩を落とすが、推理は止まらない。

「手首に執着した犯人が、持ち去ったとか」

「快楽殺人の異常者っちゅうわけですか？　ほんなら、なぜ、住職が狙われたんやろ」

「僧侶を狙った連続殺人の幕開けとか」

「久住はん、ドラマの見すぎですわ」

都倉に失笑された久住は、さらに肩を落とした。千夏はそんな久住を笑いもせず、

「異常者が遺体の一部を持ち去る行為は、戦利品の意味合いがあります。それ以外の理由だと、遺体の身元判明を遅らせるためですね。しかしながら、今回はそのケースに当てはまりません。唯一当てはまるとしたら、遺体の両手首に犯人にとって不都合な何かがあったのではないでしょうか」

「なるほど……。都倉さんは、どのように推理しているんですか？」

「月並みやけど、住職の爪にホシの微物が付着したからちゃうやろか。ＤＮＡ鑑定やと一発でバレるからな」

「確かに。あれ？　加賀谷先生は？」

さっきまで久住の後ろにいたはずの千夏が、いつの間にかいなくなっている。慌てて姿を捜すと、千夏は一人、山門を目指して遠ざかっていた。久住と都倉も急いで後を追った。

サッ、サッという風井蒼吉の竹箒の音は、まだ続いていた。

3

久住と千夏が大学へ戻って来たのが十二時半頃。久住は十五分で昼食をとり終えると、早くも法医解剖室へ向かう。この一年で久住は早食いになってしまった。

更衣室で素早く着替え、解剖器具の準備や消耗品の確認をしていると、千夏が静かに入って来た。千夏もすでに解剖着に着替え、その上から白衣を羽織っている。

遺体の搬入時刻まで時間があり、まだ誰も来ないだろうと思っていた久住は慌てた。直前までの鼻歌を、聞かれてはいないだろうか——。

「久住くん、準備は大丈夫？　何か手伝うことはあるかしら」

「いいえ！　大丈夫です。——そろそろ、警察が来る頃ですかね」

久住が壁掛け時計を見上げると、時計の針は午後一時三十分を指していた。

解剖室の外からエンジン音がし、久住がドアを開けて出迎えると、入って来たのは都倉ら京都府警の集団だった。

午後二時を少し過ぎた頃に、右京警察署が神楽岡大学医学部の法医解剖室へ遺体を搬送して来た。先に解剖室へ到着していた都倉は「遅い！」と、右京署を一喝する。どうやら、遺体搬送車の運転手が道を間違えたようだった。係長を始め、右京署の捜査員は平身低頭で都倉と久住、千夏に謝罪する。久住は「大丈夫です」と苦笑するが、千夏は冷静に「写真撮影を始めてください」と指示し、更衣室へ消えたかと思ったらフェイスシールドやガウンを装着してすぐに戻って来た。時間に厳しい柊教授なら怒るだろうな、と久住は柊教授が激怒した過去が蘇り、思わず背筋を伸ばす。自分が怒られたわけでもないのに、怖かった記憶が残っていたのだ。

都倉の花粉症の症状が治まっている。「解剖室は換気が徹底してるさかい、花粉症が楽になります。ずっとここにいたいですわ」と小さく笑った。

右京署の鑑識係が遺体の写真撮影を始める。その間に、都倉は係長を自分の場所まで手招きで呼ぶ。

「緑山家の事情聴取で、何か分かったんか？」

都倉が係長に問うと、係長は手帳をめくる。手持ち無沙汰の久住は、解剖中に使うタオルを水で濡らして搾りながら二人の会話に聞き耳を立てる。一方の千夏は、右京署の写真撮影を無言で見守っていた。係長は苦虫を嚙み潰したような顔で、

「まあ、あの三兄弟、ごっつう仲悪い上に、父親が死んだっちゅうのに誰も悲しんでおらんですわ。誰があの寺を継ぐんか、そのことばっかりで。長男と次男で跡目争い

してたんが、三男も加わってきよったんですわ。厳格な父親が死んで、待ってましたと言わんばかりで……」

「緑山栄萌は、跡継ぎを明確にしていなかったん？」

「そうなんです。せめてはっきりしていれば、こんなに揉めずにすんだと思いますけど。ああ、一つ重要な証言が――」

「何や」

「長男の亘萌が、三日前にJR嵯峨嵐山駅近くのホームセンターで、園芸用のノコギリを買っていました。亘萌は店の常連だったようです」

「風井寧子に怪しいトコはなかったか？　寺の帳簿管理は彼女やったんやろ？」

「今のところは……。それと、三男の萌翔はまた、住職にしつこく金の無心をしとったそうで。風井寧子の目を盗んで、金庫から金を盗ろうとしとったみたいです」

「懲りないやっちゃな。金の無心と、ノコギリか……？」

　と、都倉は遺体に視線をやった後で、千夏を見た。

　遺体の写真撮影が終わるとすぐに、久住は水で濡らしたタオルを遺体の両手首の断面に掛けた。損傷の乾燥が進むと、観察しづらくなる。乾燥を防ぐためにタオルを掛けるのだ。同じ損傷でも、銃器損傷の場合はタオルを掛けてはならない。挫滅輪や火薬粒の痕跡を消してしまうからだ。以前、千夏や柊教授に教わった事を、久住は忘れていなかった。千夏は満足そうに頷く。

「写真撮影が終わりましたので、解剖を始めましょうか」

久住は千夏の向かい側に立つ。都倉ら警察官も解剖台の周囲を取り囲んだ。検視官補佐の男が書記台に着く。久住は千夏にステンレス製の物差しを手渡した。

「それでは、剖検番号五二四四の司法解剖を始めます。――黙禱」

黙禱のこの瞬間、久住は緊張のせいで毎度鳩尾に痛みを覚えていたものだが、今では痛みを自覚する回数が減ってきた。解剖に入る回数が増えれば、完全になくなる日が来るだろうか――。色んな解剖事案を経験すれば、自信につながるにちがいない。気負いすぎるとまた失敗につながる。久住は何度か腹式呼吸をすると、千夏の手元に集中する。

緑山栄萌の外表は、検案時と特に変化はない。三月の初めでまだ肌寒いので、腐敗の進行は遅いようだ。高齢者の肌は元々乾燥しやすいが、口唇や肌の乾燥は目に見えて進んでいる気がする。遺体の脛の皮膚がポロポロと鱗状に剝がれはじめていた。

「ホシと揉み合った割には擦過傷より打撲痕と思われる青痣が多いんは、長袖の作務衣を着ていたからでしょうか？」

「そうですね。衣服から出ている部分に擦過傷が集中しています。首や足首周囲ですね。足は足袋を履いていたので擦過傷からは守られたのでしょう」

千夏が前面の外表を観察し終えると、右京署の捜査員らに手伝ってもらいながら、遺体をうつ伏せにした。

いよいよ背中にメスを入れる。久住は素早く千夏にメスと有鉤ピンセットを渡した。千夏は背中をT字に切開すると、久住は千夏が切開した部分からメスで皮膚を剥離してゆく。皮下は意外に脂肪が多く、青痣の皮下は脂肪組織まで出血していた。

「この分だと筋肉内まで出血ありそうね」

背中の皮膚を剥離し終えた後で写真撮影し、続いて背中の筋肉を骨から剥離する。千夏の言うとおり、広背筋や脊柱起立筋に多数の出血が見られた。骨膜剥離子で背面の肋骨を綺麗に露出させる。左右の肋骨には、骨折は見当たらない。千夏は脊椎を触診する。

「肋骨にも脊椎にも、骨折はありません。筋肉内の出血だけですね。――久住くん、私が頭皮をめくるから、その間に背中の縫合をお願い」

久住は頷くと、縫合針と糸を用意して背面の皮膚を縫合しはじめる。一方の千夏は、遺体の耳の後ろから、頭頂部へ向かって一気に切開する。切開部分からどす黒い血液が一気に流れだし、久住は慌ててタオルを千夏へ渡す。

「頭部も鬱血しているわね」

千夏はそう言い、頭皮を後頸部に向かって一気にめくり上げた。頭皮下と帽状腱膜に血腫ができていた。千夏はその血腫の大きさを物差しで測る。

「血腫の大きさは、三センチメートル×二センチメートル大」

写真撮影の後で千夏は、骨膜を骨膜剥離子で剥がし、頭蓋骨を綺麗に露出させた。

「頭蓋骨に骨折はありません」

「住職は倒れた時に、軽く頭を打っただけやったんですね」

「倒れた場所が畳だったので、骨折せずにすんだのかもしれないです」

千夏が後頭部を視終える頃には、久住の縫合も終わっていた。「早くなりましたな、久住はん」と、都倉は久住を褒めるが、肝心の久住は流しでタオルを洗っていて気づかない。

　頭蓋骨の写真撮影の後、久住も手伝って遺体を仰向けにする。

「久住くんには胸腹部を任せるわ。私は頸部をやります」

千夏は胸腹部をY字切開する。久住は千夏の切開線から胸腹部の皮膚を剥離していく。遺体の皮膚は薄い上に乾燥していて剥離しづらいが、久住は穴を開けないように注意深く剥離を続ける。臍の部分で皮下脂肪の厚さを測定すると、二・三センチメートルと、高齢者の割に皮下脂肪は多い。

　千夏は、左右の耳の後ろから側頸部を通って肩峰部まで一気にメスで切開した。遺体の首は皺くちゃだが、千夏はいとも簡単に、首の皮膚を剥離していく。薄い広頸筋が頸部の皮下に綺麗に残っていた。胸鎖乳突筋にも一切の傷がついていない。

千夏のメス捌きは相変わらず澱みがない――などと感心している場合ではない。久住は胸腹部の皮膚の剝離に集中する。千夏は久住のメス捌きを見ながら「久住くん、早くなったわね」と褒めた。久住は内心小躍りしながらも「調子に乗ったらまた失敗する」と自分に言い聞かせ、冷静を装い「ありがとうございます」と答える。

「扼痕直下の皮内や胸鎖乳突筋に出血があります。――写真を」

頸部と胸腹部の写真撮影を終えた後、千夏は頸部の筋肉を一枚ずつ剝離し、久住は胸腹部の筋肉を骨から剝離していく。久住は骨膜剝離子で肋骨に付着した筋肉を剝がす。左右の肋骨に骨折はなさそうだが、念のため千夏にも確認してもらう。

「心臓マッサージもやってないし、肋骨は綺麗ね」

千夏が剝離した頸部の筋肉は、胸鎖乳突筋以外にも、肩甲舌骨筋や甲状舌骨筋に出血が見られた。

「この分やと、舌骨・甲状軟骨に骨折がありそうですね」

都倉は、千夏の手元を覗き込みながらそう言った。

久住が遺体の腹部を指差しながら千夏に目配せすると、千夏が頷いたので、骨膜剝離子から剪刀に持ち替えた。その剪刀で腹筋を正中で一気に切開し、腹腔内の臓器を露出させた。

鑑識係が頸部の筋肉と肋骨の写真撮影をしている間、久住は肋骨剪刀を素早く千夏に渡した。

二人で肋骨を切除して胸腔内の臓器を露出させる。左右の肺は鬱血し膨隆していた。

「肺は鬱血水腫ですね。心臓も開けてみましょう」

久住は鉗子を数本と剪刀をトレイから取り出し、剪刀を千夏に渡した。鉗子で心膜を摘み、肋骨に固定して千夏が心膜に剪刀を入れやすくする。千夏が心膜を切開し、心臓を露出させた。千夏の切開した心膜を久住は肋骨に鉗子で固定した。

「心臓の大きさや色には、異状ありませんね。それでは、心臓を摘出します」

千夏が下大静脈を剪刀で切断すると、どす黒い血液が心嚢内に流出した。

「暗赤色流動性の血液やね」

都倉がそう言うと、千夏は「窒息死の所見です」と頷いた。

千夏が摘出した心臓の重さを、久住が測定する。重さは二百七十グラムと普通だ。

久住は鑑識係に心臓の写真撮影を指示すると、解剖台に戻って遺体の肝臓に手をかけた。心嚢内の血液を採取し終えた千夏は、久住に「後はよろしくね」と言いながら、切り出し台へ向かう。久住は大きく頷いた。

腹腔内に出血はない。腐敗ガスのせいか腸管が大きく膨らんでいたので、久住は先に腸管を摘出することにし、虫垂の長さを測定する。長さは九センチメートルだ。住職は痩せ型であるにもかかわらず、内臓脂肪は多めで筋肉は少ない。

　腸管を摘出し終え、続いて肝臓の摘出に取りかかる。肝臓も千二百グラムと普通の重さだ。右副腎、脾臓、左副腎とテンポよく摘出し、次は左右の腎臓だ。多めの脂肪に覆われ、腎臓本体を露出させるのに苦労する。腎臓の表面が見えてきたと思ったら、多数の嚢胞ができていた。久住は嚢胞を破裂させないよう、被膜をめくる。肝臓や脾臓、腎臓などの実質系の臓器は鬱血調だ。

　左右の腎臓の写真撮影を終え、トレイに載せて千夏の元へ運ぶと、千夏は久住にちらりと視線をやった後で、

「久住くん、臓器の摘出も早くなったわね」

「本当ですか？　ありがとうございます」

　久住は自分の手元から目を離さずに礼をした。

　久住は続けて胃と十二指腸、膵臓を摘出する。胃の内容物をビーカーに空けると、固形物の混じった薄茶色の内容物が三百ミリリットルほどあった。

「本屍が最後に何を食べたのか分かりますか？」

　千夏が警察に質問をすると、係長が手帳をめくりながら答える。

「緑山家の昨晩の夕食は午後七時やったそうです。メニューは天丼と、豆腐とわかめ、ネギの味噌汁、イチゴでした」

僧侶も普通に食事するんだな、と久住は思う。都倉も同じことを考えたのか「精進料理ちゃうやん」と呟いている。

胃の内容物の写真撮影を終えた後、久住は検査用に少量だけチューブに分け、残りを目の細かい網杓子で濾し、再度写真撮影をしてもらう。

「腹腔内が空になったようね」

いつの間にか千夏が久住の隣にいて、腹腔内を覗き込んでいた。久住は驚く。

「それじゃあ、頸部器官と肺をお願いします」

「え？　僕が出していいんですか？　大事な部分ですよ」

「ええ。任せます」

死因に直結する所見のある一番重要な臓器は、本来なら執刀医が摘出するが、千夏は久住を信頼して任せた。初めてのことに、久住は浮足立つ気持ちを抑え、深呼吸をする。緊張して少し手が震えてきた。

「大丈夫よ。最近、久住くんは頸部器官の摘出が上手くなってるし、いつもどおりにやれば、舌骨や甲状軟骨を骨折させることないから」

久住は頷き、顎に沿ってメスを入れる。舌を鉗子で摘まみ、上に軽く持ち上げながら口蓋扁桃周囲をメスで切開し、頸部の血管をすべて切断する。加齢のせいか、頸部の血管は動脈硬化で少し硬くなっていたが、綺麗に剝離できた。胸部の大動脈と横隔膜を切断し、頸部器官と肺をトレイに載せる。そこでやっと久住は、ずっと息を止めていたことに気づき、大きく溜息をついた。

久住の隣で頸部器官と肺の摘出を見守っていた千夏は満足そうに頷くと、切り出し台へ戻った。写真撮影を終えた頸部器官と肺が千夏の元へ運ばれると、千夏は舌骨と甲状軟骨の観察を始める。

「舌骨と甲状軟骨は、両方とも折れていますね」

千夏がそう言うと、都倉は千夏のもとへ歩み寄った。

「ホンマに……。強い力で絞めたんやね」

「高齢者なので骨粗鬆症の影響もありますが、比較的強い力かと」

左右の肺の重さはそれぞれ七百五十グラムと八百グラムで、通常よりもかなり重い。

「暗赤色流動性の心臓血、溢血点、臓器の鬱血、肺の鬱血水腫。窒息死の所見ですね」

頸部器官と肺を出して安心している場合ではなかった。久住は最後に遺体の頭部にとりかかる。

前頭部の頭皮を顔面に向かってめくり、頭皮下を千夏に視てもらう。血腫があるのは後頭部だけで、前頭部に異状はなかった。骨膜剥離子で頭蓋骨を露出させた後、電動鋸で頭蓋骨を鋸断する。硬膜外も硬膜下にも出血はなく、加齢のせいで脳底動脈が石灰化しているだけで、脳に異状はなかった。

「最後に、両手首の断面を視ます」

千夏は皮膚診察用のスコープで、両手首の切断面を観察しはじめる。

「加賀谷先生。ホトケさんの長男が、三日前に園芸用のノコギリを買うてるようです。凶器としてこの切断面と合うやろか……？」

「ノコギリでは、なさそうですね」

「えっ⁉」

「皮膚の断面が比較的まっすぐですし、骨が割れています。これは鉈や斧のような重みのある刃物で叩き切ったのではないでしょうか。ノコギリで切断したのなら、皮膚や筋肉が粗くなるはずです」

千夏は「どうぞ」と都倉にもスコープを見せる。都倉は「ホンマや。断面が直線ですわ」と驚きの声をあげた。

長男の亘萌は早くも被疑者からはずれたのか。いや、ノコギリは趣味の園芸用だし、寺に元々あった刃物で両手首を切断した可能性もある。これだけで被疑者から外すのは早計だ。一体、三兄弟の誰が――。

千夏は緑山栄萌の死因を「扼頸による窒息死」とし、両手首は死後の切断と断定して解剖を終えた。同時に、右京署の捜査員らが何人か解剖室を出て行った。司法解剖の結果を他の捜査員らに伝えるためだろう。
「久住くん、お疲れさま。後は、お願いできるかしら？」
「はい、大丈夫です！」
久住は縫合針と糸を用意すると、遺体の縫合を始める。千夏はしばらく見守ってい
たが、すぐに解剖室から姿を消した。都倉と右京署の係長も千夏の後を追う。
しばらくして久住が遺体の縫合を終えようかという時、右京署の若い男性捜査員が
解剖室へ飛び込んで来た。
「緑山萌仁が、うたいました！　自分が父親を殺害したと言うてます」
「うたう」とは、警察用語で「自白」や「自供」の意味だ。刑事ドラマをまったく見
なかった久住は、ここへ勤めてから初めて知った。
「ええと……緑山萌仁は……」
「次男の坊さんですわ」
緑山家の三兄弟と風井寧子は、右京署で事情聴取を受けながら、緑山栄萌の遺体を
待っていたのだ。
「ええっ⁉　それ、本当ですか？　早く加賀谷先生と都倉さんに知らせないと……」
警察官控室にいる千夏と都倉に知らせようにも、久住のガウンは血まみれだ。一旦（いったん）
脱ごうと背中の紐（ひも）に手をかけた時、器具の洗浄を手伝っていた初老の男性捜査員が

「自分が行きますわ！」と、久住に警察官控室の場所を訊き、弾丸のように飛び出して行った。

しばらくして、久住の縫合が終わった時、千夏と都倉、右京署の係長が再び解剖室へ姿を現した。

「何や。スピード解決やんか。で？　どやったん？」

都倉が嬉しそうに腕組みをし、解剖室へ飛び込んで来た捜査員に詳細を訊く。

「はっ！　緑山の三兄弟と風井寧子に司法解剖の結果を伝えまして、三兄弟が特に怪しいいうことで追及したところ、観念したのかすぐに、次男の萌仁がうたいよったんですわ！」

「父親の首絞めたんはいいとして、両手首を切断した理由は何なん？」

「香炉です」

「あの、寺にぎょうさんあった香炉か？」

と、都倉は素っ頓狂な声をあげた。

「碧永寺には門外不出、寺の後継者しか知らん黄金の香炉があったんやそうで……。その香炉はかなり小さく、片手に乗るほどやったんですが、純金製っちゅうことで、かなりの値打ちがあるらしいんですわ。先日、緑山萌仁は父親から『この寺を継ぐのは、おまえだ』と、黄金の香炉の存在を知らされていたとのことで……」

「念願の跡継ぎに指名されたのに、何で住職をバラしたんよ？」

「緑山萌仁には多額の借金がありました」

「何やてぇ!?　坊さんなのにか」

「ええ。競馬や競輪、パチンコやなんかのギャンブル狂で、寺の金にも手をつけていたそうですわ」

「よく風井寧子にバレんかったな」

「風井寧子を手伝うふりをして、自分の懐に金を入れていたみたいで……」

「三男の萌翔よりタチ悪いやん！」

と、都倉は憤慨する。一方の千夏は冷静に捜査員の話を聞いていた。

「それで萌仁は『黄金の香炉を売ればかなりの金になるのでは』と、邪なことを考えたんですわ。どうせ寺を継ぐのは自分やし、香炉を好きにしてええんちゃうかと、昨晩の午後九時頃に本堂へ忍び込み、香炉を盗ろうとしよったんです」

「黄金の香炉は、いつもどこに保管してあったん？」

「本堂の釈迦如来の後ろの柱に、隠し扉がありましてん。そこを重要な品を保管する金庫として使っていたんですわ。緑山萌仁は、そこの鍵も早々に住職から預かっていたとか」

「で、忍び込んだところを住職に見つかったんか？」

捜査員は頷いた。

「香炉を持ち出そうとしたところを住職に咎められて揉み合いになり、しまいには住職に馬乗りになって、両手で首を絞めよった。『黙らせようとしただけで、殺すつもりはなかった』と、号泣しながら釈明しよったんです。『法医学の先生が、遺体の両手首には、犯人にとって不都合な何かがあったのでは。だから切断したんだと言うてはったで』と脅したら、ビビりよって、すぐに吐きよったんです」

緑山栄萌は、香炉を萌仁に渡すわけにはいかないと右手に強く握り締め、絶命した。怖くなった萌仁は住職の遺体を物置に隠し、そのまま自室へ逃げ帰ったが、香炉は取り返したいと考え、深夜二時ごろに再び物置を訪れた。しかし、硬直が始まっていたため香炉が住職の手から離れない。香炉には自分の指紋やDNAが付着しているはずだから、このままだとすぐに自分が犯人だとバレてしまう。仕方なく物置にあった鉈で右手首を切断したが、片手だけだと怪しまれるからと、左手首も切断した。

その報告を聞いた都倉は唸りながら、

「萌仁が黄金の香炉を触らなんだら、迷宮入りしていたかもしれんということか。住職と萌仁以外に香炉の存在を知らなかったわけやし。『そんなもん知らん』と、シラ切り通されたら終わりやったんちゃう」

「豪胆な住職と違うて、次男坊は気が小さいですわ。どっちみち、司法解剖の結果聞きよったら、すぐに吐いたんちゃいますか。ほんで、切断した住職の両手首は、寺の縁の下に隠しよったとのことです。ええ、新聞紙とポリ袋に包んだとかで……。折をみて、他の場所に遺棄しようとしとったらしいですわ。これから、寺の捜索に戻ります」

「碧永寺にまともな人間はおらんの!?　昨年のアイチューバーの騒動といい、踏んだり蹴ったりやな！」

都倉はさらに憤慨する。「賭けごとや女に狂う男は、ろくでもあらへん」と、都倉の怒りは止まらない。しかし、すぐに冷静さを取り戻すと、千夏に向き直る。

「加賀谷先生、すんません。両手首が発見されたら、また司法解剖をお願いするかもしれんです。昨日の今日ですし、腐敗はさほど進まず、すぐに見つかると思いますわ……。ああ、そういえば、久住はんに訊きたいことあったんや。思い出した」

と、都倉は両手を打つ。久住は遺体を洗う手を止めた。

「どうしたんですか？　都倉さん」

「検案前に寺の門前で何しとったん？　急にいなくなるからビックリしたんやで。ねえ、加賀谷先生」

都倉が千夏に同意を求めると、書記台の前にいた千夏は久住を振り返り、無言で頷いた。

「何って……。寺男の風井蒼吉さんと、お話ししていたんですよ。都倉さんも会ったでしょう?」

「それ、ホンマですか……?」

「覚えてないんですか? 門前の小径(こみち)を掃き掃除されてましたよね。そういえば、係長さんからのご説明に、風井さんが出てこなかったんですが、碧永寺に住んでいないんですか?」

都倉の表情が曇り「久住はんに、説明したって」と、係長を手招きした。呼ばれた係長も怪訝(けげん)な表情だ。久住の発言で、解剖室内の雰囲気が一気に暗くなった。

「皆さん、一体どうしたんですか? 僕、変なこと言いました? あ! もしかして、法医学講座の人間が、勝手に関係者とお話ししたのがまずかったんですかね。今後気をつけます」

「いや、ちゃうねん……」

都倉は言葉を濁し、久住と視線を合わせようとしない。係長は咳払(せきばら)いをしてクリップボードの書類をめくった。

「――風井蒼吉は、今年に入ってすぐ、亡くなっております。死因は肺癌とのことです」

「う、嘘――」

久住は血の気が引くのが分かった。足腰に力が入らなくなり、解剖台に両手を突いてしまう。

「風井蒼吉は住職と幼なじみで、妻の寧子と共に住み込みで働き、碧永寺を守ってはったみたいです。二人に子供はおらず、三兄弟を実の子のように可愛がってはったとかで――。三人の諍いに心を痛め、最期まで寺のことを心配して亡くなったと、風井寧子が言うてはりました」

久住は、この世にいない者と遭遇したのだ。

白装束の女の幽霊はいなかったが、寺男の幽霊はいた。

「僕、あんなにはっきりした幽霊を見たのは初めてです。幽霊って、朝にも出るんですね……」

久住が真面目な表情でそんなことを言うものだから、笑いを堪えていた都倉の表情も自然と引き締まる。

「ウチには全然見えんかったですけど……。風井蒼吉も、話を聞いてくれそうな優しい人のとこに出てきたんちゃいますか」

「そうでしょうか……。僕、寝ぼけて夢を見てたわけじゃないですよね……」

久住は、風井蒼吉と会話した時のことを思い返していた。足はちゃんとあったし、身体は透けてもいなかった。

「そういえば、全然怖くなかったです。僕は今まで、必要以上に幽霊を怖がっていたのかもしれないです。結局、幽霊も人ですもんね。ご遺体と同じなんですよね」

と、久住は解剖台上の緑山栄萌の腕をさすった。

「加賀谷先生……。こんなことって、あり得るんですかね？　僕は本当に幽霊と会話したんでしょうか？　先生は、幽霊を信じますか？」

久住を振り返った千夏の目は、意外にも輝いていた。

「私は、幽霊を一度も見たことがありません」

「え……？」

「幽霊を信じるか信じないか以前に、死後の世界があるかどうかなんて、分からない」

「はあ……」

「でも、久住くんが見た幽霊が本物なら、私は嬉しいかもしれないわ」

「ええっ⁉」

千夏の意外な言葉に、久住は驚いたが、それ以上に驚いていたのは都倉だった。

「ホンマですか⁉　どうして？」と千夏に詰め寄っている。

「亡くなった人に、また会えるかもしれないという希望が湧くからです」

千夏はそう言って解剖室の天窓を仰ぎ、目を細めるのだった。

溺(おぼ)れる熱帯魚

1

五月晴れの陽光が反射する高瀬川の水面を、青紅葉がゆるゆると流れてゆく。

京都府警察本部捜査一課・警部補の北條秀哉は、流れゆく青紅葉を目で追い、見えなくなると軽く溜息をついた。どうやら人酔いしたようだ。

一時間ほど前の平安絵巻がどこか夢のようだ。

今日は葵祭の「路頭の儀」であることをすっかり忘れていた。

西陣にある京都府警の独身寮を十時半ぐらいに出て、丸太町通に到着した頃には、すっかり人混みに呑まれてやっと気づいた。

刑事になってからというもの、季節や曜日感覚に疎くなった。雲ひとつない青空を見上げながら「秋田にいた頃は、こんなことはなかったのに」と再び溜息をつく。故郷はそろそろ田植えの時期だろうか——。しかし、いい大人がホームシックとは情けない。北條は思わず苦笑した。

京都御所の堺町御門から本列の牛車が姿を現す。北條は牛車の藤飾りに目を奪われた。しばらくして斎王代の乗る輿が姿を現した時、見物客からわっと歓声があがったが、北條は斎王代には目もくれず、牛車の姿が消えるまで見送った。
幼なじみである加賀谷千夏の自宅にも、立派な藤棚があった。幼い頃、藤が咲く季節になると、藤棚の下でよく遊んだ。千夏は「藤は葡萄みたいで美味しそうだから、好き」とよく言っていた。ああ見えて食いしん坊なのだ。北條は小さく笑うと、丸太町通を後にした。

非番であるにもかかわらず、行く当てがない。

仕方なく京都の街をぶらついて、普段は乗らない市バスに乗ってみたりもして、すでに終わった事件現場の高瀬川に辿り着いてしまった。悲しい刑事の性だ。

着いたはいいものの、何をするでもなく、橋の欄干からずっと川の流れを目で追っていた。

高瀬川のほとりは、観光客でごった返していた。外国語も飛び交っている。

十人ほどの中年女性の集団に地下鉄五条駅までの道のりを訊かれ、案内をしがてら写真撮影も引き受けた。撮影が終わると、皆嬉しそうに北條に手を振り、何度も振り返っては名残惜しそうに去って行った。ひとつの集団が去ってはまた他の観光客の集団がやって来る。京都の街は、いつ静けさを取り戻すのだろう。

秋田の実家に電話でもしてみようか、と思い立った。ジーンズの尻ポケットからスマートフォンを取り出したが、田植えの準備で忙しく、出ないかもしれないと思い直し、やめた。

千夏は今頃何をしているのだろうか？　警察と同じで、法医学講座の仕事も土日祝日は関係ないだろう。自分の忙しさが落ち着くと、ふと千夏のことを考えてしまう。

数日前に解決した事件も、千夏が解剖で真相を明らかにした。千夏は法医解剖医として日々成長を遂げている。決して贔屓目(ひいきめ)ではない。死因不明の異状死体は彼女に任せておけば大丈夫、という空気が京都府警内にも流れつつある。特に都倉検視官は絶大な信頼を寄せている。一方の千夏も、都倉が担当だと検案や解剖がやりやすそうだ。千夏は表情にこそ出さないが、長年の付き合いだから分かる。千夏と都倉は垣根を越えた良いコンビになるだろう。

その時、観光客から悲鳴があがる。真っ赤なスカーフが風に飛ばされ、川の水面に落ちたのだ。スカーフは青紅葉と共にそのまま流されて行き、持ち主の若い女性はしばらく追いかけたものの諦(あきら)めたのか、呆然(ぼうぜん)と立ち尽くす。

北條は、数日前に解決した事件の、異状死体発見時の状況を思い出していた。

ホトケの部屋に脱ぎ捨ててあった、深紅のスリップドレスが忘れられない。

いつかのガサ入れの時に見た、水槽内を優雅に泳ぐ赤い熱帯魚の尾びれや背びれのようだった。

「溺れる熱帯魚、か……」

そう呟き、水面に視線を戻した時には、スカーフの行方は分からなくなっていた。

2

「意外に早よ来たな、北條」

頭上から聞き慣れた声が降ってきたので、北條は反射的に顔を上げた。

錆びて所々に穴が空いた鉄製の階段の上に、京都府警捜査一課・検視官の都倉晶穂が仁王立ちしていた。逆光のせいで都倉の表情は見えないが、声に怒気が入り混じっている。

少しネクタイを緩めながら軋む階段を駆け上がると、都倉はむっとしていた。京都府警初の女性検視官である都倉の作業着姿はすっかり板についている。二人の周囲を所轄署や府警本部の捜査員が忙しなく動き回る。

都倉は北條の遅刻を怒っているわけではなく、不機嫌な理由はすぐに分かった。都倉の背後、ドアが開け放たれた一室から聞き覚えのある濁声がしたからだ。声が聞こえた瞬間、都倉の眉間の皺がさらに深くなる。北條は室内を覗き込んだ。

「注射器やパケは、まだ出ぇへんのかいな？」

濁声の主は、京都府警捜査四課の鬼窪恒吉警部だった。鬼窪は手袋をはめ、ゴミ箱を漁っている。パケ——いわゆる覚醒剤など薬物が入っていた小袋を捜しているのだ。

鬼窪がゴミ箱から顔を上げ、北條の姿を認めると「よう、北條」と満面の笑みで片手を上げた。そして、いつものがに股歩きで玄関から出て来て、都倉を押しのけた。

「北條、おまえ、声まで男前やから、すぐ分かったわ」

大口を開けて笑う鬼窪と目が合わないよう、下京署の捜査員らは伏し目がちに脇を通り過ぎて行く。おそらく、鬼窪とは初対面なのだろう。

京都市下京区堺町富小路通沿いに建つ集合住宅の一室で若い女性の異状死体が発見された。第一発見者はアパートの大家だ。現場の二〇三号室へ家賃の取り立てに行き、居住者の女性が亡くなっているのを見つけた。部屋の鍵はかかっていたが、大家は居留守ではと思い、鍵を開けて入ったという。大家が一一〇番と一一九番へ連絡したのが本日の午前九時過ぎ。今は十時を過ぎたぐらいだ。

富小路通は規制線を張っているが、外側はすでに野次馬が集まっている。野次馬の中にはマスコミの姿も見えた。カメラのレンズがこちらを向いていた。いつものことだ、と北條は苦笑する。

「ホトケさんは布団の上や。鑑識作業の途中やさかい、足元気ぃつけや」

鬼窪は検視官である都倉を差し置き、勝手に北條を二〇三号室へ案内する。北條の背後では都倉がブツブツと文句を言っている。北條は思わず苦笑した。

「おい、色男。女、できたんか？　まあ、ワシと同じで困ってへんか。しかし、府警本部には都倉はんみたいのしかおらんくて、面白くないやろ。ああ、都倉はん、聞こえたか？　堪忍な」

緊迫した現場なのに、鬼窪の軽口が止まらない。都倉がわざと咳払いをするが、鬼窪はまったく気づいていないようだ。

北條は今回のヤマの経緯をほとんど聞いていない。四課の鬼窪がいるということは、暴力団絡みだろうか、と都倉に視線を送るが、都倉は何かを諦めたかのように、目に光がなかった。

玄関横には砂ぼこりで汚れた洗濯機が置かれ、中には下着やスカートなどの洗濯物がこんがらがったまま放置され、悪臭を放っていた。鬼窪が、その洗濯物を勝手に摘まみ上げる。

洗濯機の脇に置かれた三個の植木鉢はどれも干からびていた。恐らく、多肉植物だろう。グロテスクな別の生き物に見え、北條は目を逸らす。玄関は狭く、透明傘が何本も立てかけられており、ヒールの高い靴が無造作に積み上げられていた。小さな靴棚の上には枯れたサボテンがそのままになっている。

革靴に靴カバーをし、鬼窪の後に続いて二〇三号室に足を踏み入れた途端、饐えた臭気が鼻を衝いた。マスクはもはや意味がなく、鬼窪は二日酔いのように盛大にえずいている。都倉は眉を顰め「外でやりなはれ」と、二人を追い越して室内へずかずかと入って行った。

若い女性が、ネグリジェ姿で布団の上に倒れていた。

北條は遺体の全身に素早く視線を走らせる。剥き出しになった白い手足には所々に青痣や擦過傷がある。

北條の隣で遺体を眺めていた都倉は、一旦目を離すと室内を見回し、大きく溜息をついた。

「大家の名前が『吉島』やから、アパートの名前が『ラッキー・アイランド』。何や、ラブホみたいな安直な名前やな。どこがラッキーやねん」

ラッキー・アイランドは木造二階建て、一階と二階が四室ずつ、計八室の集合住宅だ。築三十五年のかなり年季の入ったアパートは、大きな地震が来たらひとたまりもないだろう。間取りは風呂なしの1Kで、キッチンとはいってもとってつけたような小さな流しに一口のガスコンロがあるだけ。

その流しには缶ビールと缶チューハイの空き缶が積まれていた。室内にもカップ麺などの空き容器が散乱し異臭を放つ。饐えた臭気の根源はこれらだった。食料の空き容器だけでなく、ブラジャーやキャミソールなどの衣類も散らばっている。ガラステーブルの上の灰皿には、山盛りの吸い殻が放置されていた。吸い殻には、いずれも赤い口紅がべったりと付着している。全部本人が吸ったものだろう。ガス切れの百円ライターもテーブルの上に散乱していた。

「ゴキブリかネズミがいそうやわ」と、都倉は遺体に視線を戻した。ゴミが多すぎて、荒らされたのか、元から荒れていたのか分からない。

「大家の吉島はるは、アパートの隣の一軒家に住んでるさかい。ホトケさんは、毎日明け方に泥酔状態で帰ってきては、自己転倒がしょっちゅうやったらしいで。大家の婆さんは何度かホトケさんに肩を貸して、この部屋まで運んだことがあるんやて。どっちが年寄りか分からんな」

鬼窪はポケットから飴玉を取り出すと、その場で口に放り込んだ。吉島はるにもらったものだという。北條に「いるか？」と飴玉を差し出してきたが、丁重に断る。

「事情聴取は一課はんと下京署の仕事やろうけど、あの婆さんが勝手にしゃべってきよって、飴ちゃんよこしたんや。『ワシ、このヤマと直接関係あらへん』とは言えんやろ。あちらはんから見たら、ワシら全員、警察官なんやから。仕方ないやんか」

「鬼窪はん。大家は、他に何か言うてなかったか？」

鬼窪は一見すると近寄り難い風貌だが、口を開けばどこにでもいそうなおっちゃんだ。一般市民の事情聴取では、絶大な威力を発揮する。強面のほうが刑事としての信頼を得やすい上に、重要な情報も入手しやすい。都倉もそれを分かっていて、こういう時は鬼窪を頼る。

「せやなぁ。ホトケさんには、訪ねて来る友人もおらんかったみたいやわ。家賃もだいぶ滞納しとって、大家の婆さんは支払いを待っとったんやて」

「そうか……。――誰か、ホトケさんの身元の説明してんか」

都倉がアパートの玄関に向かって叫ぶと、下京署の若い男の警察官が飛び込んで来た。

「はっ！　ホトケの名は与那嶺遥海、二十歳です。免許証と大家から確認取れました」

与那嶺遥海は若い男と同棲していたが、その男は部屋にいなかった。与那嶺遥海は沖縄出身で、ホストに入れあげて京都市内の有名女子大を中退した。そのホストが同棲相手だったが、この部屋にほとんど寄りつかなくなっていた。同棲相手に騙され、キャバクラで働かされていたようだ。何かと面倒見の良い吉島はるには、自らの身の上を話していた。

「その男の身元は分かったんか？」

「室内に男の物が見当たらず、目下捜索中であります」

下京署の捜査員は都倉に一通り報告すると、また室内の捜索へ戻って行った。都倉は台所へ目をやり「男もんの歯ブラシやカミソリなんかは、残っているんやけどな」と呟く。

与那嶺遥海は、いつか男が戻って来ると信じていたのだろうか。

「水商売してても、家賃を払えんかったんやな……」

「ほとんどを男に貢いでたんでしょう」

「せやろな。化粧品も、安物ばっかりやで」

都倉は鏡台に並んだマニキュアや化粧水の瓶を手に取る。北條にはその価値が分からないが、都倉には一目瞭然だったのだろう。

「全部、百円ショップのシロモノや。水商売やったら、身なりにもう少し金かけるがな」

押入れの前に真っ赤で派手なスリップドレスが脱ぎ捨てられている。所々に泥や草がついているのを北條は見逃さなかった。昨晩は雨が降り、明け方には止んだ。

都倉と北條は遺体の傍らにしゃがみ込む。

遺体は白のネグリジェを身に纏っており、乱れてはいるが乱暴された形跡はない。ストッキングは片方ずつ履くタイプで、左脚だけ脱げかかっていた。右脚のストッキングは行方不明である。顔面の化粧は濃く、吐物や失禁の痕もない。背中までの長い髪は明るい茶色に染められていた。

「空パケは出てないみたいやな。ヤク中やと、泡吹いて死んでるヤツ多いけどな」

鬼窪も都倉の隣にしゃがみ込んだ。薬物中毒は肺水腫を引き起こし、口内から泡状の痰を吐き出すことがある。

「鬼窪はん、何や、えらい詳しいやないか」

「ワシかて、違法薬物の現場は百戦錬磨やで」

と、胸を張った。鬼窪は褒められるとすぐに調子に乗る。まるで子供のようだ。「百戦錬磨」と自分で言ってしまうところも鬼窪らしい。北條は小さく笑う。

「ただ、ヤク中と決めつけるんは、早計やで。先入観はアカンからな。ワシも学習した」

「おや。神楽岡大の加賀谷先生に影響されたんか？」

「――まあ、そんなとこや」

鬼窪があっさり認めたので、都倉は拍子抜けしたようだ。

「ホトケさんのことやったら、加賀谷センセイには敵わへんけど、ワシには現場の知識はあるよって」

「はいはい。分かった、分かった」

都倉は鬼窪を適当にあしらうと、作業服のポケットから数珠を出して遺体に両手を合わせる。北條もそれに倣った。目を開けると、鬼窪も数珠を出し無心に拝んでいる。

「肘窩や足首などに、注射痕はまったく見当たりませんね」

黙禱を終えた北條は遺体の左足首を持ち上げる。内くるぶしの上側に、熱帯魚の刺青が施されていた。北條は、熱帯魚と言えばグッピーしか知らず、刺青の黄色い熱帯魚が何かは分からない。下京署の鑑識係が「エンゼルフィッシュ」と答えた。

与那嶺遥海の勤めていたキャバクラは四条河原町にある「熱帯魚」という店で、キャストの女性には皆、熱帯魚の刺青を施させていたらしい。「けったいな店やな」と、都倉は感情のこもらない声でそう言った。

その店での薬物売買が暴力団の資金源になっているらしく、鬼窪が乗り出してきたのだ。キャストもクスリ漬けにされ、何人かが行方不明になっている。店側は「勝手に辞めた」と主張しているのだという。

「鬼窪はん、やたら情報早いやんか。捜一か下京署に、情報を横流しするスパイでもいるんちゃうか。このヤマかて、まだ殺しと決まった訳やないで」

都倉は北條を横目で見たが、北條は何の情報も知らないままここへ臨場した。北條は慌てて頭を横に振るが、都倉は「冗談や。北條が口堅いんは、重々承知やで」と笑う。

「仲間内にスパイとは人聞き悪いで、都倉はん。こっちはこっちで調べあげてここまで来たんや」

「そりゃ、悪うござんした」

都倉は謝罪の言葉を口にするが、一向に悪いとは思っていない。

『熱帯魚』の店長が怪しいんは分かっとるんや。キャストをクスリで死なせて、どっかに埋めたんやろ。証拠が出揃わん限り、逮捕でけへんわ」

と、鬼窪は息巻くが、ふと何かに気づいたように、

「そういや都倉はん、検視に加賀谷先生を呼ばんの？」

ちょうど北條も同じことを考えていた。都倉は首を横に振る。

「今日の執刀当番は加賀谷先生やけど、ここには呼ばんわ。ウチが下京署で検視する」

「えっ！　何でやねん」

と、鬼窪がなぜか残念そうで、北條は噴き出すのを堪えた。

「ここは狭いし、不衛生や。先生方を呼んで検案してもらうには限界があるさかい。加賀谷先生には現場の写真で勘弁してもらうわ。それに、殺人と決めつけるのは早計すぎる。玄関には鍵がかかっていたんや」

「男が殺して、鍵かけて逃げたかもしれん。一緒に住んでたんやから、合鍵ぐらい持

ってるやろ」

「室内に争った形跡はなさそうや。この荒れ具合は元からやろ。それに、大家はしばらく男の姿を見てなかったと言うてたんやろ」

「ほんなら、ホトケさんの傷は？　手足に青痣やら多いやん」

「新しい傷やない。古い傷が殆どや。ホトケさんには、自己転倒癖があった。昨晩もどっかで転んだんやないか。そこの赤い服が濡れて泥ついとるし」

「男から暴力受けていたんやないの？」

「それは否定できんわ。せやけど、死因に直結するかどうかは疑問やな。――写真撮影と微物採取終わったら、ホトケさんを下京署に運んでや。――そっち、空パケはどうや？」

都倉は室内の捜索に当たっていた捜査員に声をかけるが、皆、頭を横に振る。

「ビタミン剤やドリンクの空瓶だけですわ。シリンジや注射針、空パケは、まったく出ないです。今の所、男の身元を示すブツもないです。ホストクラブの名刺やマッチは大量に押収しましたが、男がどこの誰かも、まだ摑めてないです」

「そうか……引き続き頼むわ。北條、行こか」

都倉はそう言い、遺体と一緒に室内から出た。階下や隣室では、下京署による事情聴取が続いている。大家の吉島はるは捜査員らを数人捕まえ、大袈裟な身振り手振りで何かをしゃべっている。その中に、鬼窪の姿はなかった。北條は周囲を見回す。

「どうした？　北條」

「あれ？　鬼窪さんは？　さっきまでいたのに」

「知らんがな。ほっとこ。ウチらは下京署へ急ぐよ」

都倉はさっさと捜査車両の助手席へ乗り込んでしまった。

下京警察署は烏丸通に面し、東西に走る四条通と五条通のちょうど真ん中にある。一見するとオシャレなオフィスのようだが、れっきとした警察署だ。北條が過去に所用で来た時は、気づかずに通り過ぎるところだった。京都駅や四条河原町が管轄区域のため、事件や事故、異状死体の取り扱いが多い。

ラッキー・アイランドから下京署までは目と鼻の先、車で五分程度の距離だ。観光客の道案内や住民の手続きで騒々しい正面玄関からではなく、北條らは裏口から遺体を搬入する。

下京署の霊安室は、他の警察署よりも少しだけ広い。都倉は何度も来ているだろうが、北條は三度目で、周囲をキョロキョロと窺ってしまう。室内に余計な物品は置いておらず、殺風景だ。異状死体の取り扱いが少ない署では、一部が物置と化していた。

「ワシ、下京署の霊安室は初めてやな。まぁ、綺麗なトコやんか。大昔の五条署はどえらい汚かったで。ムカデもぎょうさんおったしな」

帰ったと思った鬼窪が背後にいたので、北條は驚いてしまった。都倉は相変わらず苦々しい表情だ。

「鬼窪さんに『車に乗せろ』と言われなかったので、てっきり本部へ帰ったのかと……」

「とっととラッキー・アイランドを出て、先に昼飯すましてきよったらしいわ。ホトケさんの死因が分からんから、帰れへんのやって。これでヤク中やったら、大騒ぎやで」

「四課からは、お一人で来たんでしょうか？」

「常に単独行動やからな。帰ったらまた課長に怒られるんちゃう？」

「そうですね……」

鬼窪は、また検視に必要な手袋やマスクを用意してきておらず「ワシにも融通してぇや」と、検視官補佐に絡んでいる。検視官補佐は困り果てて都倉に助けを求めてきた。

「『今度からは持ち込みや』って、言うたはずやで。昼飯は食べる時間あったんやろ？　その時間で四課まで取りに行ったらよろしかったやんか」

また都倉に叱られても、鬼窪はまたしても「今日だけ、堪忍や」と、都倉に向かって拝む仕草をする。北條は苦笑しながら、自分の備品を分けてやった。下京署の捜査員らは、鬼窪に好奇の視線を送っている。

「北條、鬼窪はんに甘すぎひん？」

都倉はブツブツ文句を言いながらも、検視台へ向かう。ステンレス製の検視台には与那嶺遥海が全裸の状態で乗せられていた。北條が鬼窪の着替えを手伝っている間に、下京署の捜査員らが衣服を脱がせたのだ。都倉の横に、クリップボードを持った検視官補佐がつく。北條は遺体の脚側に移動した。着替え終えた鬼窪は、北條の隣に来た。

「与那嶺遥海のマエアシは分かったんか？」

「マエアシ」とは、事件現場に来るまでの足取りのことだ。都倉が下京署の捜査員に尋ねると、鬼窪が代わりに答えた。

「さっき若いもんに訊いたんやけど、ホトケさんは『熱帯魚』を午前四時に退勤してるわ。店からはいつも徒歩で帰っているんやて。まぁ、寄り道せずにまっすぐ帰ったんやったら、十五分ぐらいちゃう？」

「…………」

怒る気が失せたのか、下京署の霊安室だから遠慮しているのか、都倉は無言で検視台に向き直る。

「ちょうど正午やな。与那嶺遥海の検視を始めます。――黙禱」

皆が頭を垂れる中、鬼窪だけが律儀に数珠を出して手を合わせている。北條はそれを見届けると、自らも目を閉じた。

「身長は百五十九センチメートル。体重は、四十五キログラム。室温は何度や？　二十二度ぐらいか？　直腸温は――二十九度か」

都倉は遺体の肛門からデジタルの体温計を引き抜き、遺体の頭の方へ移動する。

「死斑を視たいんや。ホトケさんの身体起こすの手伝うて」

都倉が捜査員らに声をかけると、鬼窪が「ほいきた」と検視台に駆け寄り、下京署の署員らに交じって遺体の上半身を起こし背中を都倉に見せる。

「死斑は赤紫色、背面に中等度に発現。指圧により消褪する。硬直は全身の諸関節に軽度発現。顔面は鬱血調。眼瞼結膜と眼球結膜には溢血点多数。角膜の混濁はなく透見可能。鼻骨に骨折を認めない。口唇粘膜、口腔粘膜にも溢血点多数――」

これは、窒息の所見ではないか？　だが、頸部には首絞めの痕跡はない。何か柔らかいもので鼻と口を塞がれたのだろうか――。

濃い化粧のせいで分かりづらかったが、手足だけでなく顔面にも紫色や青色、治りかけのような黄色の痣が複数あった。同棲していた男から、過去に暴行を受けていた痕なのか、自己転倒のものなのか――。暴行が原因の慢性硬膜下血腫か、昨晩どこかで転倒して頭を打ち、急性硬膜下血腫か硬膜外血腫によって亡くなったのではないか。

都倉は遺体の長い髪を掻き分け、両手で頭皮をまさぐる。

「腫脹はないし、頭は打ってなさそうやな」

「頭蓋内損傷なら、ブラック・アイが出てるはずやもんな——。死因はアタマやないんやろか」

　鬼窪は遺体の顔面を覗き込む。都倉は鬼窪の独り言に反応し、

「確かに、鬼窪はんの言うとおりや。死因は頭部外傷やないやろ。この、顔面の強い鬱血が気になるわ。——北條はどう思う？」

「既往歴は、ないんでしょうか？」

「与那嶺遥海のヤサからは、歯科医院の診察券しか出ぇへんかったらしいわ。確かに、歯はキレイやな」

　都倉は女の口唇をめくる。歯はホワイトニングが施されているのか真っ白だった。

「アナフィラキシーショックでもなさそうですね」

「それやったら、唇や口ん中が腫れたり蕁麻疹が出るわな」

「まだ二十歳ですし、急死につながるような持病はなさそうです。若者が急死するとしたら、遺伝性の疾患か、薬毒物か——」

「やっぱり、ホトケさんを開いてみぃひんと分からんか……。直腸温と角膜の混濁具合から死亡推定時刻は、午前五時前後っちゅうとこやな」

　その時、下京署の捜査員が数人、霊安室へ飛び込んで来た。

「与那嶺遥海と同棲していた男が、昨晩から行方不明やそうです！」

「殺して逃げたんやないでしょうか!?」

捜査員は口々に叫んだ。ホストの男は平良真大、二十四歳。与那嶺遥海と同じ沖縄出身で、平良真大が勤めていた祇園のホストクラブで出会い、意気投合したらしい。昨晩、平良真大は出勤せず、自宅マンションにもいなかった。

「キンパイを敷きましょう！」

キンパイとは緊急配備のことだ。都倉は少し考えた後で、静かに頭を横に振った。

「ホトケさんの司法解剖の結果を待ってからや」

都倉はキンパイを却下した。下京署の捜査員らは都倉に詰め寄る。

「この間にホシが逃げまっせ！　それでもええんですか？」

「現場周囲で、男の目撃証言がまったく出ていませんね」

北條が冷静にそう言うと、霊安室内は静まり返った。

「犯行時刻が早朝やったからやないですか？　死亡推定時刻は午前五時前後ですよね？」

「階下の住人は、誰一人騒々しい物音を聞いていないと報告してきたのは皆さんですよ。大家は眠りが浅く、朝まで何度か覚醒するらしいが、明け方まで降り続いた雨音と近所の犬の鳴き声しか聞いていない。先走りは冤罪を生む。ここは都倉検視官に従って、キンパイは待った方が良いのでは？」

ラッキー・アイランドを出発する前に、北條は下京署の捜査員から一通りの報告を訊いた。現場の状況から、昨晩は男が部屋を訪れていないと北條は判断した。現に、指紋やゲソ痕など、まったく出ていない。

「まずはホトケさんの司法解剖です。引き続き、平良真大の捜索は続けましょう」

「せやな！　北條の言う通りやで。勇み足はアカンな。係長はん、司法解剖の令状取ったんか？　検視も終わりやし、すぐに神楽岡大へホトケさんを搬送やで」

鬼窪が勝手にその場をまとめてしまったので、都倉は苦笑する。

「神楽岡大の法医解剖室へは十五時きっかりに搬送やで。交通渋滞を見越して、遅れんといてや！」

都倉の一声で、下京署の捜査員らが遺体をエンゼルバッグに包み、搬出の準備をする。都倉と北條は一旦本部へ戻ることにした。

「鬼窪さんも一緒に本部へ戻りますか？」

北條が鬼窪に尋ねると、都倉は「そんなん、訊かんでもええ」と霊安室を出て行ってしまった。

「都倉はん、何や、カリカリしとるな。カルシウム足りてへんのとちゃう？　煮干しでも買うて行こか？」

鬼窪は相変わらず、自分が原因だと気づいていない。わざととぼけているのだろうか、と疑ってしまう。北條は苦笑しながら、

「司法解剖の立ち会いに参加するおつもりなら、着替えの類は四課から持ってきた方がいいですよ」

「せやな。何度も一課に世話になるのも悪いわ。どれ、都倉はんと北條の車に乗っけてもらおうやないか」

鬼窪は「都倉はん、待ってや！」と、足取り軽く都倉の後を追う。その後ろ姿を眺めながら、北條は「やれやれ」と溜息をついた。

3

北條と都倉、鬼窪ら京都府警の捜査員は午後三時ちょうどに神楽岡大医学部の法医解剖室を訪れた。すでに下京署の遺体搬送車が横付けされていた。解剖室の天窓からフラッシュの光が漏れる。遺体の写真撮影がおこなわれているようだ。法医学講座の

誰かが解剖室にいるのだろう。千夏だろうか、と北條は少し期待してしまった。

　鬼窪は、四課から解剖立ち会いに必要な物品を持ち込んでいた。車の中で素早く着替え、やる気満々である。前回は着替え方も分からなかったのに、今日は誰にも頼らず一人で着替えていた。「どや。ワシも、やる時はちゃんとやるんや」と都倉に絡んでいたが、都倉は「はいはい」と我関せずだ。鬼窪は都倉に褒めてほしかったのだろう。北條は思わず噴き出し、都倉に白い目で見られた。

　都倉が解剖室のドアを開くと、下京署の捜査員らが「お疲れ様です」と頭を下げる。北條の背後にいた鬼窪が「よう！」と陽気に片手を上げた。

　意外なことに、柊侑作教授が遺体の写真撮影を指示しており、その隣には解剖技官の久住遼真が所在なげな様子で立ち尽くしていた。都倉も柊教授の存在に驚いている。

「教授……！　今日は、加賀谷先生がご執刀では？」

「ああ、都倉さん、お久しぶり。――いや、ちょっとした事情があってね……」

　柊は爽やかな笑顔を見せた後、久住にちらりと視線をやる。久住は大きな身体をさらに縮こませた。久住の覇気がないように感じられたのは、北條だけではなかった。

「久住はん、どないしたんや。この前の威勢がのうなってまっせ」

　久住とは一度しか会ったことがないはずなのに、鬼窪は久住の肩を馴れ馴れしく叩いた。都倉が慌てるが、柊は「大丈夫」とでもいうように、笑顔で頷く。

「鬼窪さん……でしたっけ？　お久しぶりです。今回も、四課と関係ありそうなんですか？」

「まあ、そんなトコや。――で、久住はんは、どっか具合でも悪いんか？」

「いや、その……」

久住は自分の左手を背後に隠しながら、柊の様子を窺う。柊は頷いた。

「実は先週、教授が執刀の解剖中にメスで自分の手を切ってしまいまして……」

久住は「お恥ずかしい限りです」と、さらに身体を小さくする。

メスでの傷は浅く、縫合するほどでもなかったが、血液検査の結果が出るまで解剖から外されていたのだった。今日が、その復帰初日だった。また一ヵ月後に血液検査があるのだが、それまではと、柊は解剖室へ久住の様子を見に来たらしい。

司法解剖に附される遺体は身元や既往歴が判明しているとは限らない。過去の病気とされていた結核は、不衛生な環境に身を置き、通院歴のない者の感染率が高い。結核は空気感染なので胸腔を開けたら一気に室内へ広がってしまう。久住はメスで指を切ってしまったが、その傷口から血液を介して感染するB型肝炎やC型肝炎、ＨＩＶなどには気をつけなければならない。

北條も遺体を触る時は必ず手袋やマスクをするよう心掛け、素手で触ろうとする所轄署の警察官らにも注意するようにしている。

「そら、大変やったな」

「はい……。幸いなことに、その時の遺体に感染症はありませんでした。かなりショックでしたが、教授と加賀谷先生に励ましていただいて……」

久住は一時落ち込んだらしいが、柊と千夏で「誰もが一度はある」「仕事に慣れた頃が要注意だ」「遺体に感染はなかった」と励まされ、立ち直れたようだ。久住の成長ぶりは、北條も目を見張るほどだったので、ここで彼が挫折しなくて良かったと安堵した。柊と千夏がいれば大丈夫だろう。

鬼窪はさらに馴れ馴れしく、

「ワシなんか、ホシにバタフライナイフで脇っ腹刺されたことあるんやで！　指ぐらい何ともあらへん。——傷痕、見るか？」

と、パンツのベルトを緩めてシャツをまくり上げようとしたところ、都倉に止められていた。久住は、鬼窪の脇腹が見られず少し残念そうだ。

その時、千夏が静かに解剖室へ姿を現した。「皆さん、ここにいらしたんですか」

と、怪訝な表情だ。警察官控室に誰も来ないので、不審に思ったらしい。都倉が平謝りする。

「すんません、柊教授にご挨拶してまして……」

「いいえ、いいんです。遺体を視ながら、ここで概要を伺いましょうか」

千夏が解剖台へ移動する際、北條と目が合った。北條は片手を軽く上げ、千夏は目礼した。千夏は遺体に素早く視線を走らせる。都倉はこの間、書記台に現場の写真と書類を並べる。

「加賀谷先生、毎度！　去年の北署の自殺事案では世話になりまして」

「鬼窪はん。先生は今、ホトケさんを視てるさかい、邪魔せんといてくださいよ」

鬼窪が千夏に近づこうとしたので、都倉は鬼窪の右上腕を摘まんだ。千夏は遺体から顔を上げ、一瞬だけ考え込んだが、

「ああ、十三石橋でもお会いしましたね。その節は……」

と、頭を下げた。鬼窪は「覚えとってくれたん!?」とやたら嬉しそうだ。まるで子供みたいだ、と北條は少し笑ってしまう。

「ホトケさんの働いとったキャバクラで、組関係のヤツらがヤクを売り捌いとるかもしれんよって、寄らしてもろたんや。このホトケさんもヤクやっとるかもしれんが、死因はちゃうやろ？　前回、先生に教えてもろて、ワシも勉強したんやで」

「鬼窪はんは、もうええから！　そっちの隅にいてんか」

都倉の剣幕に柊が噴き出し、都倉は何度も柊に謝る。

「顔面の鬱血が強いですね」

千夏は、鬼窪と都倉の会話などどこ吹く風で、ずっと遺体を観察していた。ニトリ

ル手袋をはめると、遺体の顎や手足の関節を曲げる。

「死亡推定時刻は、本日の午前五時前後と推定しました」

千夏は頷き、無鉤ピンセットで遺体の眼瞼をめくる。死亡推定時刻からもうすぐ十二時間が経過しようとしていた。

「全身の硬直は中等度で角膜は透見可能ですし、おおむね間違いなさそうですね。本屍は自宅で亡くなっていたんですか?」

都倉が状況説明をしながら、現場の写真を千夏に見せる。千夏は写真を手に取りじっと見つめる。

「この赤い服は、本屍のものですか?」

千夏もどうやら泥や草で汚れた衣服に気づいたようだ。

「そのようですわ。昨日の午後六時に勤務先のキャバクラへ出勤し、本日の午前四時に退勤しました。店の中では衣装に着替え、出勤、退勤時にはこの赤いスリップドレスを着てたみたいやわ」

「本屍の通勤、退勤経路は分かりますか? できれば地図を見せてほしいのですが」

下京署の係長が「行きも帰りも、徒歩で通っていたとのことです」と、書記台に地図を広げると、皆で覗き込む。

「なるほど、鴨川と高瀬川か……。水場が多いね、加賀谷先生」

そう唸ったのは柊教授だ。

「はい。二次溺水を疑いました。帰宅途中に川へ誤って落ちたのではないかと」

係長は聞き慣れない言葉に「ニジデキスイ」と唱えながら手帳にメモを取り始める。

北條にも分からなかった。

「加賀谷先生、二次溺水とは何ですか？」

北條が尋ねると千夏は目を合わせずに、

「水中で溺れた時にすぐ救助され、問題のない状態だったものの、その後二十四時間ぐらいで状態が悪化することを『二次溺水』と言います。肺に吸い込んだプランクトンや砂が呼吸困難を引き起こす場合もあり、二次溺水による死亡は子供が多いです」

「加賀谷先生は、ホトケさんが川に落ちたのではとお考えで？」

「衣服に泥や草が付着していましたので、その可能性もあるかと……」

現場の写真を見ただけで、ここまで推測するとは。千夏の観察眼に北條は感服する。

千夏は次に、現場や検視時に撮影された遺体の写真を手に取った。

「顔面の鬱血が強く、眼瞼や眼球に溢血点も多数出ています。頸部に痕跡がないので、縊頸や絞頸、扼頸以外の窒息の可能性がありますね。鼻口部閉塞や気道閉塞などです」

千夏は早くも死因を二択に絞っていた。

「せやろ⁉　ワシも現場でそう思っててん！　泡吹いておらんし、ヤク中は死因から外してもええんちゃうか」

「鬼窪はん」

都倉が小声で鬼窪を叱る姿に再び柊が噴き出す。柊は壁掛け時計を見上げると「そろそろ加賀谷先生が始めるから」と、笑いながら解剖室を後にした。都倉は、柊の背中に向かって礼をする。久住は心なしかホッとしている様子だ。

「魚の刺青(いれずみ)……。珍しいですね。熱帯魚ですか？」

千夏は、遺体の左足首の内側を見た後で北條に目を合わせた。

「勤務先のキャバクラが『熱帯魚』という店でして。キャストに刺青を入れさせる方針のようです。この刺青は、エンゼルフィッシュとのことです」

「そうですか……。久住くん、B型肝炎やC型肝炎ウィルスを持っているかもしれないから、気をつけてね」

久住は「はい！　分かりました！」と表情を引き締める。

「では、解剖を始めましょうか」

千夏の一声で、北條らは解剖台の近くへ移動する。解剖着に白衣姿だった千夏と久住はそれぞれ更衣室へ向かい、ガウンやフェイスシールドを装着して戻って来た。

「午後三時半。剖検番号五二五五の司法解剖を始めます。黙禱(もくとう)」

皆が頭を垂れる中、北條は薄目を開けて千夏の表情を盗み見る。マスクやフェイスシールドに顔面が覆われているとはいえ、一心に祈る千夏の無垢な表情が昔から好きだった。今まで何度こうしてきただろう。しかし、流石に不謹慎かと思い直し、固く目を閉じた。

久住が千夏にステンレス製の物差しを渡す。復帰明けだが、久住の動きは素早い。汚名返上、名誉挽回を目指しているのだろうが焦っている様子もなく、昨年から比べるとだいぶ成長した気がする。千夏から注意される場面が、かなり減った。

「加賀谷先生、早速なんですが……。ホトケさんの手足の青痣が気になるんですわ。泥酔しての自己転倒癖があったみたいやけど。同棲していた男から、暴力を受けてたんやないかとの疑いもありまして。男は最近、姿を見せんようになっていたんですわ――」

「皮下を視てみましょう。久住くんは右脚をお願いね」

久住は元気よく返事をすると、メスを千夏に渡す。千夏と久住は遺体の脚側に移動し、左右それぞれの鼠径部から足首までの皮膚を一気に切開して剝離してゆく。都倉と北條は二人の手元を覗き込んだ。

両脚の皮下や筋肉内には軽い出血があった。

「都倉さん。ご覧のとおり新しい損傷ですが、比較的軽いので、暴力を受けた痕ではなさそうですね。骨折もありませんので、軽い打撲程度かと。両腕も同じでしょうね」

「やっぱり、コケただけやろな……」

千夏が遺体の前面と背面の外表所見を取り終えた。いよいよ背面にメスを入れる。

鬼窪は大丈夫だろうか、と鬼窪の姿を捜すと、解剖室の壁際で腕組みをし、大人しく解剖を見守っていた。顔色が悪く今にも倒れそう、といった雰囲気ではないので北條は放っておくことにした。

千夏が背面をT字切開すると、心得たように久住が皮切部からメスを入れ、皮膚を剝離してゆく。遺体の背中に損傷はなく、皮下や筋肉内にも出血はなかった。自己転倒の際に、背中は打たなかったのだろう。

鑑識係が写真撮影を終えると、千夏と久住は二人で背中の皮膚の縫合を始める。久住の手元に迷いはなく、千夏の縫合スピードに負けないぐらいの速さになっている。

遺体を正面に戻すと、千夏は素早く皮膚をY字切開する。

「この方は、病院搬送されていませんよね？」

久住は下京署の捜査員に尋ねながら、胸腹部の皮膚をめくる。心臓マッサージがおこなわれたかどうか、確かめたいのだ。

「第一発見者の大家が警察と同時に救急車も呼んだんやけど、ホトケさんはすでに硬直が出ていたので、不搬送になりましたわ。医療行為は何もしてません」

都倉が代わりに答え、久住は「分かりました」と頷いた。

胸部の皮下や脂肪組織、筋肉内に出血はなく、肋骨の骨折もない。千夏と久住が肋骨を取り去ると、左右の肺は鬱血しわずかに膨隆していた。千夏が心嚢を切開し、心臓を摘出する。心臓から流れ出た血液は暗赤色で凝血がなかった。暗赤色流動血、溢血点、臓器の鬱血と、急死の三徴候が揃っている。急性の窒息死に見られる所見だ。腹腔内に出血はなく、腹水の貯留もない。肝臓や腎臓も鬱血している。

「久住くん、尿の採取をお願い」

「承知しました！」

久住が膀胱に注射針を刺すと、尿がシリンジ内にどんどん貯留する。シリンジに溜まった尿をビーカーに移し、それを繰り返す。続いて久住は尿の量をビーカーで測定し、写真撮影の後に検査台へ持って行く。簡易薬物検査を始めるのだろう。久住は検査キットを開封し、尿を滴下している。そこへまた鬼窪が近づいた。

「これで十分待てば、結果が出るんやろ？　前に教えてもろたから分かるんや」

「そうです！」

久住はタイマーをセットすると、検査台を離れる。鬼窪は余程結果が気になるのか、検査キットに張りつき見守ったままだ。

「久住くん、尿の量はどれぐらいだった？」

「三百ミリリットルです」

と、久住は尿の入ったビーカーを千夏の前に差し出した。下京署の係長が黒板に尿量を記載する。

「黄色透明ね」

千夏は尿を観察すると、書記の検視官補佐に尿の量や色、濁りの有無を告げた。

久住が肝臓、脾臓、左右の副腎を摘出し、腸管に取りかかった時、タイマーが鳴った。検査台に張りついていた鬼窪が久住を手招きする。

「久住はん、これって陰性やんな？　このラインはコントロールやったな」

久住が検査キットを覗き込み、大きく頷く。検査キットを鬼窪から受け取り、千夏に結果を見せる。都倉と北條も、その検査キットを覗き込んだ。

「加賀谷先生、簡易薬毒物検査は陰性でした」

「やっぱり、何も出ぇへんかったか……。室内からは、空パケなど見つかっておりませんでした。アルコールは多量に出そうですけど」

都倉がそう言うと、久住はN95マスクをしているにもかかわらず鼻をクンクンさせる。

「道理で、何か臭う気がするんですよね……」

確かに、現場でも遺体はアルコール臭かった。鬼窪は「酒しか出ぇへんかぁ」と少しガッカリした様子だ。

「それじゃ、久住くん、後はいつもどおりで。――メスに気をつけてね」

千夏は、撮影と重量測定の終わった心臓をトレイに入れると、切り出し台に移動する。一方の久住は、自分に気合いを入れる様子を見せた後、肝臓から手際良く摘出してゆく。

久住が腹腔内の臓器を摘出し終え、頸部器官と肺に取りかかる。舌を鉗子で持ち上げた時「あっ！」と叫んだので、千夏が切り出し台から振り返った。久住が再び手を切ったのではないかと北條は危惧したが、どうやら違うようだ。

「どうしたの？　久住くん」

「どないしたん⁉　久住はん」

鬼窪がいち早く久住のもとに駆け寄る。前回の解剖では気分が悪くなった鬼窪だが、慣れたのか血まみれの遺体に平気で近づいている。千夏と都倉、北條も鬼窪の背後から久住の手元を覗き込む。

「加賀谷先生、これ……」

久住が再び鉗子で舌を持ち上げたところを、千夏が口蓋扁桃の奥まで覗き込む。そして冷静な千夏には珍しく「あ！」と声をあげた。千夏は切り出し台まで戻ると、さっきまで自分が使っていた有鉤ピンセットを持って来て、口蓋扁桃の奥に突っ込む。

「加賀谷先生、何かが詰まっているんか？」

鬼窪が口蓋扁桃を覗き込んだ。

「――おそらく、窒息の原因かと」

千夏が気道からズルズルと引きずり出したのは、片方のストッキングだった。見守っていた下京署の捜査員らは、騒ぐどころか絶句している。

「死因が――分かっちゃいましたね」

久住は静かに興奮している。初めての経験なのだろう。無論、北條も都倉も初めて出くわす事案だ。

「なんや、またヤク中とちゃうかったわ」

鬼窪は悔しがったが、その表情は明るい。死因が分かってスッキリしたのだろう。

「自殺、やったんか……」

都倉の読み通り殺人ではなかったが、哀しい結果に呆然（ぼうぜん）としている。

「検視でも分かりませんでしたわ。お恥ずかしい」

落ち込む都倉に、千夏は「大丈夫」とでもいう風に、頭を横に振る。

「口内を覗いただけでは誰でも分かりません。オトガイ舌骨筋（ぜっこつきん）や顎二腹筋（がくにふくきん）を下顎（かがく）から剝離して舌を持ち上げたから気道内の異物が見えたんです。おそらく、CTで遺体を撮影しても、分からなかった可能性が高いです」

やはり遺体は開けてみないと分からないのだと、北條は肝に銘じた。

二次溺水（できすい）ではなかったものの、千夏は遺体の外表を視ただけですでに死因を推定していた。さすが、と幼（おさな）なじみの観察眼を改めて感心する。

その時、下京署の係長の携帯電話が鳴り、係長が「すんません」と片手を上げて解剖室を出て行く。数分後に戻って来ると、都倉と北條へ電話の内容を報告する。

「与那嶺遥海の目撃証言です！『赤い派手な服を着た若い女性が、高瀬川のほとりで倒れていた』というものです」

雨上がりの早朝にジョギングをしていた中年夫婦が与那嶺遥海を発見した。与那嶺遥海は泥酔しており、近くに寄っただけでも酒臭かったという。救急車を呼ぼうとしたが、与那嶺遥海は固辞し、ふらつく足取りで路地裏に消えたという。中年夫婦は心配して警察に届け出たのだった。夫婦の心配がそのとおりになってしまい、せっかく声をかけたのに気の毒だ、と北條は思う。もし救急車を呼んでいたら、女は自殺などしていなかったのではないか――。考えるとキリがないが、起こってしまったことは仕方がない。

「川には浸（つ）かっていなかったんやな」

都倉がそう問うと係長は頷き、

「与那嶺遥海は高瀬川の歩道に倒れていて、全身が泥や草で汚れていたようです。川に落ちた様子はなく、水溜り（みずたまり）で転んだようだったとのことで。それともうひとつ――」

与那嶺遥海の同棲（どうせい）相手だった平良真大は潜伏先の大阪で発見された。勤務先の備品や酒を転売していたことがバレそうになり、無断欠勤をして夜逃げしていた。ホストクラブから被害届が出ていたので殺人の容疑は晴れたが、窃盗罪で逮捕となった。

「平良真大にだいぶ貢いでいた上に、他のホストにも入れあげていたようですわ。消費者金融に借金がありましたわ」

「いくら？」

「五百万円です」

金額を聞き、北條は溜息（ためいき）をついた。すぐに返せる額ではない。

「与那嶺遥海のヤサに遺書はありませんでしたし、突発的な自殺でしょうね」

何もかもが嫌になったのだろうか。誰にでも、そんな夜がある。北條は千夏と目が合った。

「寂しかったのかも、しれません。ホストクラブに通い詰めるぐらいですし。いつも誰かと一緒にいたかったのではないでしょうか」

千夏は静かにそう言った。

与那嶺遥海は大学を中退して家族からも見放され、心の拠（よ）り所は金でしか繋（つな）がれないホストだった。彼女の周囲に、ホスト以外で手を差し伸べてくれる人間はいなかったのだろうか、と北條も悔しく思う。

千夏にも、そんな夜があるのだろうか？　北條は自分から目を逸らした。

与那嶺遥海の解剖は続く。胸腔と腹腔の臓器は久住によってすべて出されたので、最後に残るのは頭部だ。

久住は遺体の長髪をブラシで器用に束ね、メスで頭皮をめくる。前頭部の皮下には異状はない。左右の側頭筋の筋膜をめくると、側頭筋には多数の溢血点があった。窒息の所見である。側頭筋の撮影後、久住は側頭筋をめくり、骨膜を剥がして頭蓋骨を露出させる。頭蓋骨に骨折はなさそうだ。

千夏が頭蓋骨を視た後で、久住が電動鋸を持ち出して頭蓋骨を鋸断する。一年前までは覚束なかった手つきも、今ではもう慣れたものだ。へっぴり腰で頭蓋骨に恐る恐る鋸の刃を宛がっていたが、今では背筋が伸び堂々たる姿勢である。

久住の頑張りもあるだろうが、やはり千夏の教え方がいいからだ、と北條はほくそ笑む。久住の成長が、千夏の手柄のように思えて自分のことのように嬉しい。

久住はあっという間に頭蓋骨を鋸断し、硬膜に包まれた脳を綺麗に露出させた。以前は、ここまで三十分もの時間を要していた。

硬膜外には血腫もない。写真撮影を終えると、久住は細型剪刀で硬膜を切開し脳を露出させる。硬膜下にも血腫はなく、鬱血のせいで出血がひどかった。遺体の頭の下に敷いたタオルが、どす黒い血液でぐっしょりと濡れている。下京署の捜査員が気を利かせてそのタオルを流しで洗い、血液を落とすと久住に手渡した。久住は恐縮しながら受け取る。

死因が判明したので、捜査員らは落ち着いて各々の作業に従事している。都倉も安心したように久住と千夏の手元を見つめていた。

久住が摘出した脳は千四百グラムで、写真撮影の後で千夏に渡された。千夏は脳を「異状なし」と判断したようだ。

これで与那嶺遥海の司法解剖は一通り終了した。千夏は死因を「異物の気道内閉塞による窒息死」と断定する。

鬼窪は、にわかに興奮していた。

「やっぱり、ホトケさんは開けてみぃひんと分からんもんやな！　な、北條！」

鬼窪に力強く背中を叩かれ、北條は思わず声をあげた。それを見た久住が笑った。久住がすっかり元気になったようで、北條は安心した。

「ワシ、あんなん初めて見たで。自殺でストッキングを飲み込むヤツもおるんやの」

「希死念慮にとり憑かれた人は、何が何でも死のうとするんじゃないでしょうか。靴下や生理用品を飲み込んだ事案もありますから」

「せやな。橋の欄干に縄括って、自分の首に巻きつけて飛び降りたヤツもおったし。

衝撃で首が飛ぶとは思わんかったで」

　鬼窪は自分が関わった事件を思い出しているようだ。

　一方、都倉の表情も明るい。キンパイの命令を出さなかった自分の判断が正しかったと証明され、安堵しているのだ。

「いや、キンパイ出さんで良かったわぁ。まあ、でも、平良真大は盗みで逃げてたんやし、出しても良かったんかな」

「非番の警察官まで総動員ですから、与那嶺遥海が自殺と知ったら恨まれてましたよ」

「せやな！　――鬼窪はん、この後どないしはんの？」

　都倉は仕方なく鬼窪に声をかける。鬼窪は片手をぶんぶんと振って、

「死因説明やったら、遠慮しまっせ。さすがにそこまでついて行ったら、図々しいやろ」

　鬼窪に「図々しい」という自覚があったのか。都倉は我慢できなくなったのか、噴き出した。

「タクシーでも拾って帰るわ。――ほな」

　鬼窪は「兄ちゃん、頑張りや」と、久住の背中を叩き解剖室を後にした。都倉は「やっと疫病神がいなくなった」と、盛大に溜息をつく。少し寂しそうに見えたのは

気のせいだろうか。

久住は遺体の縫合を始めていた。心配なのか、珍しく千夏が縫合を手伝っている。

「加賀谷先生、僕一人でも大丈夫ですよ」

「もう久住くん一人に任せても、心配ないことは分かってる。でも、今日だけは最後まで一緒に縫合するわ」

「教授に言われたんですか……」

少し拗ねたような、がっかりしたような久住の口調に北條は同情してしまった。まだまだ若いな、と久住を可愛く思う。千夏もそれを察したのか「今日だけだから」と姉のような口調になっている。

久住の縫合スピードは格段に速くなっており、千夏に追いつくほどだ。二人であっという間に背中まで縫い上げてしまった。北條の隣で都倉も嬉しそうだ。

「北條も加賀谷先生の死因説明聞くやろ？　先に警察官控室に行っててもろてもええで」

「いや、俺はここの後片づけを手伝いますよ」

「へっ？　――ええんか？」

「ええ。自殺だと分かりましたし、そちらは、都倉さんにお願いします」

「分かった」

と、都倉は北條の肩を強く叩くと、千夏と一緒に解剖室を後にした。

「さて、久住さん。私は何をすればよろしいでしょうか？」

「はい！　それでは、流しに置いた洗い物をお願いします」

「分かりました」

北條は頷くと、腕まくりをして流しに向かった。

4

北條は木屋町通沿いに高瀬川のほとりをぶらぶらと歩き、喧騒に気がつくと四条河原町まで来ていた。腕時計を見ると午後五時を回ろうとしていた。空は、夕暮れが近い。そういえば、朝食以降何も食べていなかった。どこかで腹ごしらえでもしようかと、四条通に歩を進めた時、スマートフォンが振動する。画面を見ると「加賀谷俊明」と表示されている。千夏の実の叔父だ。北條は一瞬だけ躊躇ったが、通話ボタンを押す。

「――もしもし？　秀哉だが？」

懐かしい故郷の訛りに、一瞬にして心を持って行かれた。賑やかな四条通はたちまち田圃の畦道に変わる。風に緑の匂いが混じった気がした。

「ああ、んだ。オラだ」

「元気だが？　久しぶりだ。仕事中じゃねがったが？」

「いや、今日は休みだ。大丈夫だ」

「せば、いがった……」

俊明は安堵の溜息を漏らす。こうして話すのは数ヵ月ぶりだろうか。北條も何かと忙しく、全然連絡していなかった。

「田植え終わったが？」

「いや、おめぇん家は、これがらみでぇだな。代搔きしてらのは見だど」

俊明の家と北條の実家は目と鼻の先だ。毎日のように交流がある。

「俊明おじちゃんの家も忙しいべ？　もうすぐ夏だし、書き入れ時だ」

俊明は株式会社加賀谷煙火工業の社長であり、自らも花火師だ。

「んだな。明義がらも、手伝ってもらってらよ」

「大丈夫だがで。明義、かなり不器用だど」

「誰が不器用だってよ、秀哉」

通話相手は俊明ではなく、いつの間にか明義に代わっていた。明義の背後から俊明が「電話返せ！」と叱っている声が聞こえる。

俊明の一人息子の加賀谷明義は千夏の従兄弟で、大仙市内で中学校教師をしている。北條とも幼なじみで、千夏と三人が同い年だ。最後に明義に会ったのは昨年の盆だった。彼の人懐っこい笑顔を思い出し、今すぐにでも京都駅に飛んで行きたい衝動に駆られた。

「おお、明義！　元気だが⁉」

「いくら忙しいがらってよぉ、少しは連絡よこせでぇ」

「悪ぃ悪ぃ。操おばちゃんは元気だがで？」

「母さんは相変わらずだぁ。今日も『自分の部屋は自分で掃除せぇ』どって、怒られだで。参ったな」

明義が、母の操からしこたま叱られているのが目に浮かぶ。北條は笑った。

「おめぇのごども心配してらっけよ」

「ああ。よろしく言ってけれ」

「今度、母さんの作ったふきの煮物送ってやるがらよ。おめぇ、好ぎだったべ。オラ、あんまり好ぎでねぇがら、おめぇが食ってければ助かる」

「操おばちゃんの煮物、美味ぇがらなぁ……」

操が作る料理はどれも美味かった。特にふきの煮物は絶品で、加賀谷家の食事に呼ばれた時は、何度もおかわりした。操は野菜嫌いの明義に不満げな様子で、しょっちゅう北條を食事に呼んでは手料理を振る舞ってくれた。ふきの煮物の味を思い出し、急激に腹が減った。思わず腹を押さえてしまう。

「秀哉、今度はいづ帰ってくるのよ？」

「まだ、分がらねぇ」

「おめぇどのテニスの決着、まだ着いてねぇがらな！　早く帰って来いで」

昨年の盆に北條が帰省した時、二人でテニスを楽しんだ。明義が北條に負けたことを今でも根に持っているようだ。

「次は正月ぐれぇになるがな」

「冬だばテニスできねぇねが！　それだばスキーで勝負だ！」

「おめぇが秀哉に勝てる訳ねぇんだがら、止めておげ」

明義の声に被さるように俊明の声が聞こえ、通話相手は再び俊明に代わった。

「俊明おじちゃん、やっぱり明義さ花火触らせねぇ方がいいど」

「んだがらな。花火爆発させねぇように、気をつけるべ」

俊明は少し笑った後、声のトーンを落とした。

「――千夏は、まめでらが？」

やはり、一番知りたいのは千夏の近況なのだろう。

「たまに仕事で会うども、元気そうだな」

「んだが……。それだば、いいどもよ……」

俊明は千夏に電話だけでなく手紙やはがきを出しているのだが、一向に連絡がないのだという。

「――やっぱり千夏は、秋田さ戻って来るつもりねぇんでねぇべが？　考えでみれば、嫌な思い出しかねぇもんな。兄さんらのごどで――」

「そんたごどねぇよ。今度の正月休みに、一緒に帰らねぇが声かげでみるがらよ。忙し過ぎで、電話さ出られねぇんでねぇが？　オラがらも連絡するように言っておぐがら」

北條がそう言うと、俊明は安心したように通話を切った。安請け合いしたはいいものの、いつ千夏に伝えようか迷う。北條の電話やメールにも、返事があった例しがない。

「さて、どうするかな……」

北條は独り呟くと、四条通から木屋町通に歩を戻し、高瀬川の欄干に寄りかかった。

菫色の空を見上げ、記憶の糸を手繰り寄せる。

十六年前の冬、千夏の両親である加賀谷倫明と千草は何者かに惨殺された。

犯人は未だに捕まっていない。

見つかったのは凶器の包丁だけで、犯人は猛吹雪の中に忽然と消え去った。

一人っ子だった千夏は父の弟である俊明に引き取られ、高校卒業までは俊明の家族と一緒に暮らした。千夏の両親は共に腕の良い花火師で、倫明は株式会社加賀谷煙火工業の社長だったが、亡き後は俊明が継いだ。

幼い頃から千夏は花火師を目指していたが、事件後は医学部に進路を変えた。秋田県は慢性的な医師不足だ。臨床医にでもなって、秋田県内の病院に就職するのだろうと思っていたが、全然違っていた。

秋田から遠い京都市内の大学を受験し、法医解剖医になりたいと言う。俊明一家と北條は驚いたが、誰も強く反対できなかった。特に、女の子の欲しかった俊明は千夏を我が子のように溺愛しており、自分のもとから離れてほしくなさそうだった。

千夏は元々成績優秀だったため、すんなりと神楽岡大学医学部に合格した。

千夏は高校を卒業して神楽岡大学医学部に進学して以来、秋田には一度も帰っていないのだ。北條が何度か一緒に帰省しようと誘ったが、いつも断られた。

もしかしたら千夏は、自らの手で犯人を捜し出そうとしているのではないか――。

千夏から「法医解剖医になりたい」と聞いた時から、ずっとそう思っていた。花火師が夢だった女の子の澄んだ瞳は、刑事が獲物を追うような目つきに変わっていた。

そして、北條も心に誓った。

生涯をかけて千夏を守る。

　長男の北條は実家の米農家を継ぐつもりだったが、刑事を目指すことにした。法医解剖医の良き相棒になれるのは何といっても刑事だろう。理系の成績が振るわなかった北條は神楽岡大学の法学部を受験した。北條の両親には猛反対されたが、現役合格を決めた途端、コロッと態度が変わった。自分の息子が難関大学に一発合格できたのが嬉しかったのだ。近所や親戚中に自慢し、盛大に京都へ送り出してくれた。北條には、三歳違いの弟の隆哉がいる。北條の両親はいざとなれば隆哉にでも継がせるつもりだったのだろう。

　大学進学を果たした千夏と北條は、お互いの存在を忘れるぐらい勉学に励んだ。

　北條は国家公務員総合職試験に合格したが、警察庁の入庁を辞退し京都府警察官採用試験を受けた。秋田に帰って刑事になり、千夏の両親を殺害した犯人を一人で捜そうかとも考えた。しかし、千夏のもとを離れたくなかったのだ。

「幼なじみを追いかけて同じ大学を受験した女々しい奴」などと、周囲からどう思われてもいい。二度と千夏に悲しい思いをさせたくなかったのに、千夏は自らの傷をえぐるような職業に就いてしまった。

なぜ、千夏が法医解剖医を目指したのか、正面切って訊いたことはない。

ただ傍にいて、千夏と同じ方向を向いていたい——。

その思いだけで、見知らぬ土地へ来てしまった。

今となっては、それが千夏にとって良かったのかはわからない。秋田から見守った方が良かったのではないか――。

その時、再びスマートフォンが振動する。俊明が再びかけてよこしたのだろうか？　それとも実家の母親だろうか？　画面表示を見ると「千夏」の文字だ。スマートフォンを取り落としそうになりながら、慌てて通話ボタンを押した。

「はい」

「秀哉？」

「どうした、千夏。珍しいな」

「うん、仕事が一段落したから、秀哉は何してるかなと思って。メールも電話も返事できなくてゴメン」

「いいって、別に。もう慣れた」

「今、どこにいるの？　今日は非番じゃなかった？」

自分の休日を覚えていてくれたのが、少し嬉しかった。

「ああ、四条河原町。一人でメシでも食おうと思って」

「私も行こうかな」

「え!?　本当か？」

「私はまだ大学なの。すぐに行くから待ってて。そうね。自転車だから、三十分ぐらいかな」

「俺を待たせるんなら、千夏の奢り（おご）な」

「ちょっと、何、ソレ」

千夏の笑い声を久々に聞いた気がする。

「そういえば、さっき――」

俊明と明義から電話があったと言いかけ、止めた。

「さっき、何かあったの？」

「――いや、何でもない。気をつけて来いよ」

「分かった。後でね」

通話を切った北條の耳に、街中の喧騒（けんそう）が戻ってきた。あたりはすっかり宵闇である。ぼんぼりに明かりが灯（とも）り、着物姿の観光客が北條の傍らを通り過ぎて行く。京都らしい風情を目にして、やっと現実に引き戻された。

千夏にとって自分がどんな存在か、答えが出なくても、もう少しこの街で千夏の傍にいようと決めた北條だった。

5

与那嶺遥海は、朝焼けの空を仰いだ。ほんの少し前までは本降りだったが、すっかり晴れ上がっていた。

キャバクラでの勤務を終え、千鳥足で帰路についていた。昨晩は、常連客にしこたま飲まされたのだ。

波状に広がる橙色(だいだいいろ)の雲は、夕日が沈みゆく沖縄の海のようだ。アルコールが回ってフラフラになった頭で、どっちが天地か分からなくなった。陽光が目に沁(し)みて、遥海の頬に自然と涙が零(こぼ)れる。

「どうってことないよ。こんなことで――」

眠気でしょぼしょぼになった瞼(まぶた)が重く、思わず目を閉じると、さらに涙が溢(あふ)れてきた。ハンカチを持っていなかったので、拳(こぶし)で涙を拭(ぬぐ)った。

「京都に来て、まだ二年しか経ってないのに……」

たった二年で、大学生からキャバクラ嬢まで一気に転落してしまった。

高校の修学旅行で京都を訪れた遥海は、古い街並みに心を奪われた。沖縄にない建物や風景、舞妓に芸妓、そして京ことば——。何もかもが新鮮で、すぐにでも海しかない沖縄を出て京都に住みたいと、修学旅行中に進路を決めてしまった。

猛勉強の末、京都の女子大に合格を決め、念願の京都生活が始まった。しかし、遥海が想像していた生活とはほど遠かった。

いつまでたっても関西圏の言葉になじめず、大学では勉強についていけなくなり、友達もできず孤立した。沖縄で慣れ親しんだ海産物や農作物はスーパーでほとんど売っていない。売っていたとしても高価で、学生の遥海には手が出せなかった。そして何より、沖縄の海が恋しくなった。

憧れだけに留めておけば良かった。すでに京都が嫌いになりはじめていて、遥海は心底後悔した。

そんな遥海は、心の隙間を埋めるため男に縋りはじめた。

当てもなく先斗町をぶらついていた時、ホストの客引きに捕まったのがきっかけだった。軽い気持ちで入店したものの、いつの間にか大学へは行かなくなり、お気に入りのホスト目当てに毎晩通うようになっていた。ホストたちは、遥海の求めていた耳触りの良い言葉だけをかけてくれた。

学費や家賃をホストクラブに使い込み、昼のバイトを掛け持ちするだけでは生活できず、とうとう消費者金融へ出入りするようになった。ホストクラブの世界に「売掛払い」というシステムがあるのを初めて知った。客に金がなくても、ツケで遊べるのだ。世間知らずの遥海は「何と都合の良いシステムだろう」と、財布も持たずに喜び勇んで出かけていた。しかし、冷静になってよく考えてみれば、ただ借金を背負わされただけだった。

売掛金はホストが一時的に肩代わりしている。だからホストは、客が「飛ばない」ように頻繁に連絡してくる。遥海はそれを、愛の証（あかし）と勘違いしていた。

夜の世界に、本気で遥海を愛してくれる男はいなかった。

どうしてだろう？　ただ好きになっただけなのに。彼らの喜ぶ顔が見たかっただけなのに――。

借金は百万円を超えた頃から把握していない。五百万円にはなっただろうか。もう親にも頼れず、親からの連絡もない。話を聞いてくれるのは、大家の吉島はるだけだ。はるは、どことなく母方のおばあに似ていた。

そんな時、初めて入店したホストクラブで平良真大に出会った。彼も沖縄出身で、遥海と意気投合し、いつの間にか一緒に暮らすようになっていた。

今度こそ、運命だ――。

私は絶対にこの人と幸せになれる。遥海は確信した。

真大も京都の生活に疲れ切っていて、いつか二人で沖縄に帰ろうと約束した。

真大は遥海の借金返済のために、働ける店を探してくれた。真大に紹介されたのは、キャバクラ店だった。好きでもない客と、他愛もない話をして酒を飲む仕事だ。実入りは良かったが、魂が削られていく感覚だった。

その内、真大は一緒に暮らす部屋へ帰って来なくなり、金だけ取りに来るようになっていた。風の噂で、祇園のホステスとねんごろになり、大阪に拠点を移したと聞いた。

それでも遥海は、いつか帰って来てくれると信じていた。真大は部屋の合鍵を持ったままだったのだ。

「私はバカだから……」

運命などではなかった。自分は愚かだったと、後悔する気力もない。ふらつく足取りで、四条河原町から鴨川沿いへ出た。自宅とは逆方向だったが、沖縄の海が恋しくて、なるべく水辺にいたかった。赤いスリップドレスが汚れるのも厭わず、遥海は川べりに腰かけ、穏やかな鴨川の流れに目をやった。時折、ジョギングする人が遥海の背後を駆け抜けて行くだけで、あたりは静かだ。

昨日の明け方、真大がアパートの部屋に来た形跡があった。ポストに合鍵が投げ込まれていたのだ。これで真大との関係は完全に終わってしまった。

哀しみに打ちひしがれながらも、遥海は再起を誓い、押入れ奥の貯金箱を確認して、血の気が引いた。

沖縄への飛行機代として貯め込んでいた十万円ほどの金が、すっかりなくなっていたのだ。水族館で真大が買ってくれた貝殻の貯金箱は、粉砕されゴミ箱に捨てられていた。

金があればあるだけホストクラブに使ってしまう遥海が、やっとのことで貯めた金だった。真大に見つからないようにと、押入れの奥に隠していた、最後の砦だった。

あともう少しで、沖縄に帰れたのに――。同じ日本なのに、沖縄は遠すぎる。

遥海は無意識に、左足首の内側を撫でた。勤め先から無理やり施された、エンゼルフィッシュの刺青に触る癖がついてしまった。当時は、これも真大のためと我慢したが、今となっては後悔しかない。美容外科に行ってレーザーで消そうにも、また金がかかる。

「私、もう疲れたよ……」

今の自分は、まるで水槽の中でしか泳げない熱帯魚のようだ。硬いガラスに閉ざされ、蒼く広い海を夢見てもがき、誰にも気づいてもらえない。このまま一人ぼっちで、海に出られず溺れていくのだろうか――。

遥海は鴨川のせせらぎを背に、沖縄の波音を思い出していた。

爛(ただ)れた罪

1

柴垣乙華は自分の部屋の姿見の前で、大きな溜息をついた。

「――変なの。全然似合うてへんやん。趣味悪っ」

乙華が身に纏っているのは、父親から買い与えられたワンピースだ。

生地はブルーグレーの落ち着いた色合いで、デザインはシンプルかつタイトだ。自分では絶対に買わないタイプの代物である。

「もっと、カジュアルなのがええのに……。大人すぎひん？」

「そんなことない、似合うてるで」

背後から急に声をかけられ、乙華は悲鳴をあげた。父親の哲治が満面の笑みで真後ろに立っていたのだ。

「ちょっと！　勝手に入って来んといてよ。ノックぐらいして。着替え中なんやから」

「今さら、恥ずかしがることないやんか。昔はよく一緒に風呂入ったんやで」

「出てって！」

「はいはい。お嬢様はご機嫌斜めやな。早く準備しいや。下で待ってるさかい」

哲治はそう言い、乙華の部屋を出て行った。乙華は閉まったドアにクッションを投げつけた。

父親の哲治は商社マンで海外出張が多い。帰国した時に家族全員で、高級フレンチかイタリアンで食事するのが常だった。それは、二年前に母親の一華が亡くなってからも続いていたが、前よりも回数が増えたような気がする。「母親がいなくても、子供には寂しい思いをさせていませんよ」という哲治の世間へのアピールなのだ。言うほど世間は、自分たちのことなんか見てないのに、と乙華は再び溜息をつく。

何だかずっと下腹部が痛いし、サイアクだ。

乙華は自分の部屋を出ると、向かい側の部屋のドアをノックした。

「お兄ちゃん、おる？　入るで」

乙華の兄の哲太は、制服のままだらしなくベッドに寝そべり、スマートフォンで何やらゲームに興じていた。

「何や、乙華。今、ええとこなのに」

「ちょっと！　全然着替えてないやん。もうすぐ出かける時間やで」

哲治は時間にうるさい。もう少ししたら、階下から二人の名を呼ぶにちがいない。

「これからフレンチなんて、ダルいわぁ。あの店、かしこまりすぎて嫌やねん。父さんが選んだ服も、何や堅っ苦しいしな」

哲太はスマートフォンの画面から視線を逸らさず、面倒臭そうにそう答えた。哲治から買い与えられた紺色のスーツは、皺ひとつなくハンガーに掛けられている。哲太はそれに見向きもしない。

「乙華、父さんと二人で行ってきてぇな。俺、留守番しとるから」

「嫌！　絶対に嫌や！」

乙華がヒステリックな声をあげたので、哲太は驚いてスマートフォンを取り落としてしまった。乙華は泣きそうな表情で哲太を見つめる。

「そこまで嫌がることないやん……。ビックリしたわ」

「お兄ちゃんが行かないなら、私も行かない！　——痛っ……」

乙華はお腹を押さえ、その場にうずくまってしまった。哲太は慌てる。

「ど、どないしたん⁉　何か悪いもんでも食ったか？」

乙華は恥ずかしそうに頭を横に振る。そして、蚊の鳴くような声で、

「——ううん……。牛乳飲み過ぎたのかも……」

「そ、そうか」

哲太は少し安心したが、自分にできそうなことは何もない。

「薬、飲んだんか？　下から、水持って来ようか？」

「大丈夫。そこまでひどくないから……」

哲太は乙華の両肩に手をやり、静かに立ち上がらせた。乙華は「ありがと」と俯いた。

「そういや、学校の近辺に不審者が出没しとるらしいやん。おまえも、気ぃつけや」

「うん。ちょっと怖い……。ウチの友達も、変なおっちゃんに声をかけられたらしいわ」

乙華は自分の腕をさする。

「しばらく、一緒に帰ろか？」

「いいよ。お兄ちゃんは部活あるやろし」

「ほんなら、家までダッシュで帰るんやで。学校から家まで近いからって油断したらアカン」

「うん。気ぃつけるわ」

「――ほな、着替えるかな。先に行けや」

「ううん。部屋の前で待ってる」

「――分かった」

哲太は急いでスーツに着替えると、乙華と二人で階段へ向かう。

「哲太、乙華！　何しとるん？　早く行かんと、予約時間に遅れてしまうがな」

二人は顔を見合わせて笑うと、返事をしながら階段を駆け下りた。

2

未だかつて、こんな凄惨な現場があっただろうか。

解剖技官の久住遼真は、とある一戸建てのリビングに立ち尽くしていた。血の海を見たのは初めてで、眼前が少しずつ暗くなるのが分かる。このままだと倒れるかもしれない——。

「久住くん、大丈夫？　久住くん！」

久住の腕を揺すったのは、法医解剖医の加賀谷千夏だった。おかげで遠のきそうだった意識が戻って来た。

「加賀谷先生……。すみません」

「気分が悪いなら、無理しなくていいのよ。都倉さんに言って、車で休ませてもらったら？」

「いえ！　平気です！」

久住は胸を張ったが、その拍子に血腥さを感じて噎せてしまう。マスクは何の役にも立たない。いつもはポーカーフェイスの千夏も、眉間に皺を寄せ険しい表情だ。

「加賀谷先生は、ここまでの現場のご経験ありますか？」

「——ええ……。あるわ」

久住の問いに千夏は一瞬だけ遠い目をした。気のせいだろうか。

「いやぁ、久々にひどいですわな」

京都府警本部捜査一課・検視官の都倉晶穂も、千夏の隣で両手を腰にあてがい嘆息する。都倉の隣には京都府警本部捜査一課・警部補の北條秀哉も臨場していた。久住は、鋭い視線で現場を見回す北條の横顔に思わず見入ってしまった。

時刻は午前十一時。千夏と久住は京都市東山区今熊野の柴垣家に臨場していた。東大路通の東側、今熊野商店街を東に入ってすぐの一軒家がその現場である。

新緑眩しい五月晴れの土曜日で、久住はどこかに出かけようかと迷ったが、解剖が続いたこともあって疲れが溜まっており、惰眠を貪ることに決めた。しかし、早朝の千夏からの電話で眠気が一気に吹っ飛んだ。洗顔もそこそこに、朝食もとれず神楽岡大の法医学講座へ出勤したのだった。

柴垣家は総二階建てで築年数は浅そうだ。門から数メートルのアプローチを経てすぐに玄関に辿り着く。アプローチの周囲には植木鉢も何も置かれておらず、殺風景だ。狭いながらも庭があり、芝生は綺麗に刈られていたが、片隅にカバーを掛けられた芝刈り機が置かれているだけで何もない。今は数名の捜査員が、獲物を探す犬のように歩き回っている。それが一階のリビングの掃き出し窓から見えた。

　そのリビングでは、女子高生が制服姿で死亡していた。

　少女はメッタ刺しの血まみれで、リビングのソファやカーペット、テーブルや白い壁紙には大量の血液が飛び散っていた。犯人が何度も刃物を振り上げた証拠だ。ライトブラウンの木目調で統一された家具は、見るも無残である。ライトグリーンのカーペットは血液の付着した部分だけ黒々と変色していた。

「今のところ、凶器は見つかっておりませんわ。ホシが持って逃げたんやないかと。ガイシャは、ここの娘さんやんな？」

　都倉は東山署の女性捜査員に声をかけた。

「そうです。柴垣乙華、十六歳の高校一年生です」

「この制服やと、こっから南に歩いて十分ぐらいの、月見ヶ丘高校やないか？」

　女性捜査員は、何やら書類をめくりながら強く頷いた。

「ホトケさんの第一発見者は、柴垣乙華の担任と友人ですわ」

　成績優秀で真面目な柴垣乙華が昨日学校を欠席し、その後も連絡が取れないことから、心配した担任と友人ら数名が、午前十時頃に柴垣家を訪れたのだった。玄関の鍵は開いており、玄関から続く廊下のあちこちに大量の血痕が滴下・飛散していたことから、ただごとではないと思いきって住居内に突入したところ、亡くなっている柴垣乙華を発見した。担任と友人らは救急車と警察を呼んだものの、柴垣乙華は救急隊により社会死判定され、不搬送となった。

第一発見者らはショックのあまり全員自宅で寝込んでいるとのことだ。確かに、この光景を目の当たりにしたら一生忘れられないだろう。現に、今の久住がそうだ。

「ホトケさんの家族構成は？」

「父親の柴垣哲治、二歳年上の兄・哲太と三人暮らしやったようです。母親の一華は二年前に亡くなってます。胃癌を患っていたんやそうで。検査で見つかった時にはもう末期やったと、近所の主婦が言ってました」

「父親と兄はどこ行ったん？　連絡ついたんか？」

「長男の柴垣哲太には連絡がつきまして、こっちに向かってます。柴垣哲太もホトケさんと同じ高校で、サッカー部の練習に行ってましたわ。父親とはまだ連絡がついておりません。車庫に車はあったんですが……」

「土曜なのに兄ちゃんはサッカーの練習か。頑張るなぁ。帰って来たら、ビックリするやろな……。可哀想に……」

都倉は、誰にともなくそう呟く。

「父親の柴垣哲治は商社マンで海外出張が多く、自宅にはほとんどいないとのことです」

「ほんなら、今日も出張中かもしれんの？」

「目下、勤務先に確認中であります」

「了解。引き続き、頼むわ」

女性捜査員は都倉に敬礼をすると、忙しなく去って行った。

久住は吐き気を堪えながら、静かにリビングから台所へ移動する。台所には血痕がない。

台所やリビングは比較的綺麗に片づいていたが、ゴミ箱にはレトルト食品や菓子の空き容器が多かった。母親が早くに亡くなり父親も不在が多く、兄妹だけの生活はさぞや寂しかっただろう。しかも妹は何者かに惨殺されてしまった。父と兄の心情はいかばかりかと、久住は早くも被害者一家に感情移入してしまう。重い気分のまま、千夏のもとへ戻った。

千夏は遺体の傍らに片膝をつき、服の上から遺体を視ている。

「損傷は、下腹部に集中していますね」

「そうなんです。所轄の東山署は『性的暴行目的の異常者がホシで、柴垣乙華が激しく抵抗したために殺害したのでは』との見立てですわ」

都倉がそう言うと、千夏はすっくと立ち上がり、

「都倉さんは、どうお考えですか？」

千夏にまっすぐに見つめられ、都倉は少したじろいだ様子だ。

「え？　ウチですか？　何や、性的暴行目的とまた少しちゃうような……。ま、しょうもない刑事の勘ですわ。先入観に囚われるとあきまへんし、聞き流してください」

「いえ、そんなことはありません。私は現場のプロではないので、都倉さんの直感が正しいかもしれません」

「いや、まあ……。後で視ていただきますが、血痕はここだけやないんです。それで、加賀谷先生を呼ばしてもろたんですわ」

リビング内を歩き回っていた北條が、会話に加わってきた。久住は皆の会話を聞くことしかできない。

「東山署から報告がありました。ホトケさんの通う高校周囲で、車に乗った不審者の目撃情報が相次いだらしいです。不審者は中年の男で、女子生徒ばかりを狙い、車に乗るよう声をかけていたそうで。それで東山署は、異常者の犯行と疑ったんでしょう」

「北條も、異常者の犯行やないと思うてるの？」

「ええ。何か引っかかります。まず、リビングの状況から物盗りの可能性はないでし

ょう。異常者の犯行なら、下校途中など襲う機会はいくらでもあったはず。わざわざ自宅へ襲いに来ますかね。独居ならまだしも……」

「柴垣乙華のストーカーで、一人になる時間帯を調べあげてた可能性は考えたん？　父親は留守がちやったし。留守番の少女が襲われるヤマ、結構あるやんか」

「確かにそうですが……。加賀谷先生、ホトケさんの死亡推定時刻はどのぐらいでしょうか？」

北條にそう問われ、千夏は頷くと久住からニトリル製の手袋を受け取る。それを素早くはめると、遺体の関節を触る。

「衣服の上からなので大体の推測ですが、数時間前といったところですね。硬直が顎(がく)関節(かんせつ)に出はじめています」

「先生、ありがとうございます。都倉さん。やはり、土曜の朝方に性的暴行目的で襲撃するのはおかしいでしょう。都倉さんは、どうして性的暴行目的ではないと思ったんですか？」

「トイレの血痕やねん」

「ああ……。そういえば、血痕はここだけでなく、そっちまで続いていましたね」

「トイレですか？」

千夏が現場に興味を示したので、久住を含め三人は驚いたが、北條が一番驚いている。

「先生、ご覧になりますか？」

「ええ。本屍よりも、先にそちらを見せてください」

「分かりました。――誰か、加賀谷先生をトイレにご案内お願いします」

北條が東山署の捜査員に声をかけると「こちらです」と、係長が先頭に立った。その後に千夏が続き、都倉と北條、久住も後を追う。都倉はリビングに残った鑑識や捜査員らに「ホトケさんの検案の準備したってや」と叫んでいる。

柴垣家のトイレは一階の最奥、浴室と洗面所の向かい側にあった。確かに、リビングからトイレまで血痕が点々と続いていた。久住はそれを踏まないように、恐る恐るトイレへ近づいた。

係長がトイレのドアを開けたものの、久住は最後尾にいたため中の様子が見えない。背の高さを利用し、背伸びをしたら、何とかトイレの個室内を覗くことができた。

洋式トイレの個室内は、便座や便器周辺にも黒々とした血痕が付着していた。レモンの芳香剤の香りに、微かに血腥さが混じる。

「ここで最初に襲われ、リビングに逃げ込んだところで殺害されたのでは？」

「確かにこの滴下痕は、血痕の主がトイレからリビングへ移動したことを示しています。しかし、ホシがここまで追っかけて来たっちゅうんですか？　それは少し非現実的やな。見て下さい。争った形跡はナシやで」

　確かに、個室内は血痕が滴下しているだけで整然としている。ドアにも損傷はなく、ラベンダー色のトイレマットやスリッパは比較的綺麗に整っていた。久住の推理は都倉によって、すぐに却下された。北條も都倉と同意見のようで、強く頷いている。千夏は無言で何かを考えたままだ。

　なぜ、トイレからリビングまで血痕が続いているのだろうか……？

　その時、玄関から大きな物音が聞こえ、全員で振り返る。都倉と北條、係長は「何があった」とトイレを後にし、千夏と久住だけが取り残された。

「ど、どうしたんでしょうか？」

「もしかしたら、本屍のご家族が戻って来たのかもしれません」

　久住と千夏も玄関へ向かうと、短髪で真っ黒に日焼けした少年が呆然とし、捜査員らに両腕を抱えられながらやっとのことで立っていた。

「乙華に、乙華に会わせてください……」

　妹の訃報を聞いた兄の柴垣哲太が学校から戻って来たのだった。妹が亡くなったことを受け入れられないのか、話の要領を得ない。捜査員らが「自宅内には入れない」と言い聞かせている。

「署のパトカーに連れて行ったって。――現場は絶対に見せたらアカン」

都倉の命令で、東山署の捜査員らは柴垣哲太を外に連れ出して行った。東山署はパトカーで柴垣哲太を一旦保護し、その後で事情聴取のため東山署へ連れて行くことにしたのだ。玄関の扉が閉ざされても、柴垣哲太の悲痛な声が聞こえ、久住はさらに気分が重くなった。

「嵐山に父方の伯父がいるようで、署はその伯父に身元引受人を頼んだようです」

北條はそう言いながら、泥だらけのサッカーボールを玄関の隅に寄せてやっていた。

「――ほな、加賀谷先生、検案をお願いできますか？　現場は血まみれですし、東山署の霊安室にホトケさんを移動させて、そちらで検案していただくこともできますが」

「いえ、ここで大丈夫です」

千夏はきっぱりと断った。久住は血腥さに耐えられず、少しでも早く現場から離れたくて仕方がなかったので、少しがっかりしてしまった。

「少し気になることがあるので、現場で検案したいのです」

と、千夏はトイレに視線をやった。

「分かりました。ほな、リビングに行きましょか」

リビングへ戻ると、血液が飛び散った壁にはすべてブルーシートが張られ、遺体はグレーシートの上に安置されていた。

「それでは、ホトケさんの衣服を脱がせてください」

北條は東山署の捜査員らに声をかけ、自らも遺体の制服を脱がせるのを手伝う。全裸になった遺体の肌は青白く、少しでも遺体を動かすと傷からどす黒い血液が流れ出る。北條は、東山署の捜査員からタオルを受け取ると、

「加賀谷先生、血液を拭いてもよろしいでしょうか？」

「ええ。久住くん、お願いします」

急に自分の名前を呼ばれたので、久住は驚き、さらに北條にタオルを渡され困惑してしまった。

「久住くん、哆開創周囲の血液を拭いてくれる？」

「は、はい！」

哆開創とはパックリと開いた創口のことだ。久住はこれまで多発刺創の検案や解剖に立ち会ったことはあるものの、これほど多い哆開創を見るのは初めてだった。しかし、哆開創への対応には慣れてきたはずだ。久住は腹に力を入れると遺体の傍らにしゃがみ、哆開創を損壊しないよう、丁寧に拭う。白いタオルは血液を吸ってすぐにビシャビシャになった。千夏は「ありがとう。見やすくなったわ」と頷き、久住の隣に片膝をついた。久住は血液の臭気に負けそうになっていたが、千夏が隣に来て少し安心したのか悪心が遠のいた。

久住が血液を拭ったことにより、哆開創の全容が明らかになった。

左胸部に一ヵ所の哆開創があり、下腹部はメッタ刺しだ。下腹部の哆開創からは腸管などの臓器が一部はみ出していた。

「こりゃひどいわ……」

「怨恨ですかね？」

「ホトケさんの交友関係洗うか」

「ゲソ痕は出てませんよ。殺害目的で土曜の朝に訪ねて来ますかね」

先ほどから北條は、それが引っかかっているようだ。都倉と北條は久住らの背後で、犯人の犯行動機と捜査方針について話し合っている。久住はその会話を少し盗み聞きしながら、遺体に向き直る。千夏が都倉に目配せすると、都倉は北條との会話をやめ、検視官補佐からクリップボードを受け取ると、腕時計を見た。

「それでは、午前十一時三十分。これから神楽岡大の加賀谷千夏先生によります、柴垣乙華の検案を始めます。——黙祷」

今回はちゃんと数珠を持ってきた。久住は独りで頷き、白衣のポケットから数珠を取り出すと、手を合わせて目を瞑る。柴垣乙華の冥福を一心に祈った。十六歳で天に召されるのは早すぎる。残された家族はこれから大変だろうが、せめて少女の分まで幸せになってほしい——。遺体が自分より若いと、なおさら気が滅入る久住だった。

「女性屍。身長と体重は不詳です。栄養状態は良好。皮色は前面で蒼白。死斑は背面に発現していない。硬直は顎関節で弱度。直腸温は――？」

久住は遺体の肛門から体温計を抜く。

「三十四度です。室温は二十四度、外気温は二十五度のようです」

「ありがとう。――それでは頭部と顔面に移ります。頭髪の長さは三十センチメートルで黒色」

頭部と顔面には損傷はまったくない。久住は千夏に無鉤ピンセットを渡す。

「両眼は閉じる。角膜の混濁はなし。瞳孔は正円同大で、直径〇・六センチメートル。眼球結膜、眼瞼結膜に溢血点を認めない。鼻骨に異常な可動性を認めない。鼻腔内に異液を認めない。口腔内にも異液を容れない――」

頸部にも損傷はなく、千夏は胸部に移る。

「前胸部左側、乳頭上部に哆開創を一カ所認める」

都倉は書記をしながら、千夏の手元を覗き込んだ。

「心臓か左肺に入ってますすな」

「おそらく。血胸か心タンポナーデを引き起こしている可能性があります。次は――腹部ですね」

「哆開創は何個あるんやろ？」

「数えてみます。久住くん、ガーゼをください」

千夏は腹部の哆開創の周囲をガーゼで丁寧に拭うと、哆開創の数を数える。

「全部で……二十五ヵ所です」

千夏の答えに、久住は絶句した。久住だけでなく検案を見守っていた北條や捜査員らも呆然としている。

「ひとつの哆開創に、別の哆開創が重なって分かりづらいですが」

「二十五……。胸部の哆開創も合わせると二十六ヵ所。なんちゅう数や。ホシは相当な返り血浴びとるはずや」

腹部の哆開創からは、腸管だけでなく、腸間膜や膀胱(ぼうこう)、子宮や卵巣も見える。まるで下腹部を狙って刺したかのようだ。

「凶器の形状はどないでしょう？」

千夏と久住は、胸部の創口の幅や長さなどの形状を測定する。

「久住くん、哆開創の『接着長』を計測します」

「分かりました！」

久住は心得たとばかりに、パックリと割れた創口の皮膚を両手で密着させる。密着させた創口は一直線になる。その長さを測定すれば、凶器の刃幅が特定できる。遺体に哆開創のある事案は、このようにひとつひとつの形状の幅や長さ、深さを測定しなければならず、これらを久住は全部千夏に教わった。

創口を押さえるために遺体に近づいたら、血液の臭気が濃くなった。久住は、治りかけていた悪心にまた襲われる。

「刃幅は四センチメートルぐらいの刃物ですね。創洞(そうどう)の深さが分かりませんので、刃渡りは推定できかねますが、おそらく台所にあるような出刃包丁ではないでしょうか」

「なるほど…」

と、北條が台所に向かい、包丁の在処(ありか)を確認していたが、似たような物が数本あったので凶器に使われて紛失したのか分からない。柴垣哲治か柴垣哲太に確認しなければならない。

「哆開創は後でまとめて所見を取ります」

千夏はそう言い、遺体の外陰部に移った。外陰部も血まみれで、腹部の哆開創からの出血と思われたが――。

「外陰部からも、出血してますね」

「月経中だったのでは？」

久住がそう言うと、東山署の捜査員がトイレのサニタリーボックスに入っていた、使用済みの生理用品を証拠物件として持って来た。千夏は久住の質問には答えず、捜査員が差し出した生理用品に目を通す。生理用品に付着していた血液量はだいぶ多い。

久住は、見てはいけない物を見てしまった気がして、すぐに視線を逸(そ)らす。ただでさえ気分が悪いのに、さらに気持ち悪くなった。

「――それでは、上肢に移ります」

遺体の上腕に損傷はなかったが、手首や指、掌(てのひら)には、左右それぞれ数ヵ所の哆開創があった。

「防御創ですね」

「せやな……。ホシに抵抗したんやろうな。可哀想に……」

千夏は上肢と下肢、背中を観察し終えると、都倉に目配せをする。

「それでは、都倉さん。これから哆開創の所見を取ります。よろしいでしょうか？」

哆開創ひとつひとつの所見を取らなければならないので、これからが長丁場となる。久住は一度立ち上がり、その場で少し屈伸運動をした。都倉は「よっしゃ」と肩を回す仕草をしてから、

「はい！　準備はできてまっせ。加賀谷先生、いつでもどうぞ」

千夏は頷(うなず)くと、胸部の哆開創に物差しを宛(あて)がった。久住も写真撮影用のスケールの準備をする。

千夏が哆開創の所見を取っている間、柴垣家の鑑識作業が終わったようで、都倉と北條のもとへ次々と報告が入る。

外部からの侵入形跡はなく、荒らされた形跡もないことから強盗目的の可能性は完全に否定されることになった。血痕はトイレからリビング、そしてわずかながら玄関へと続いていた。玄関の外でも少量の血痕が検出された。ほとんどが柴垣乙華の血痕と思われるが、おそらくＤＮＡ鑑定になるだろう。負傷した犯人の血痕が混じっている可能性もある。

柴垣家の二階は父親の部屋、哲太と乙華それぞれの部屋の計三室があり、どこも荒らされていないようだ。階段に血痕は一切付着していなかった。

久住は千夏のサポートをしながら、血痕の謎を考える。ゲソ痕が出ないとなると、柴垣乙華の顔見知りの犯行だろうか？　柴垣乙華が犯人を招き入れ、襲われたのだろうか？

久住は推理するほど気持ち悪くなり、千夏のサポートに専念することにした。

千夏による検案が午後二時過ぎに終了すると、久住は緊張の糸が切れたのか、色々な症状に襲われる。眩暈（めまい）、吐き気、腹痛、頭痛——。倒れないように保っているのがやっとだ。しゃがみこんだまま動けず、しばらくそのままでいた。

千夏は久住の傍を離れると、都倉と北條、東山署の捜査員に何かを伝えている。しかし、ひどい耳鳴りのせいで千夏が何を話しているのか分からない。

東山署の捜査員が慌ただしく動きはじめた。リビングを出てトイレに向かう者と玄関に向かう者と、二手に分かれている。一体何が起こっているのだろう？　とにかくここから離れたくて仕方がない。検案の現場に慣れたと思っていただけに、自分はまだまだだとショックを受ける。つい最近、解剖中にメスで手を切ってしまったばかりで、二重のショックだった。

「大丈夫ですか？　外に出ます？」

動けなくなっている久住に声をかけてきたのは北條だった。北條とまともに会話したことがなく、久住は慌てる。

「あ、いえっ！　大丈夫です」

久住は平気なところを見せようと無理やり立ち上がったらよろけてしまい、北條に身体を支えられてしまった。背中に添えられた北條の手が温かい。北條も久住と同じぐらいの身長だが体幹ががっしりとしていて、鍛えあげられているのが分かる。最近の久住は運動らしい運動をしておらず、食生活はというと野菜もとらず大好きな焼肉ばかり食べている。身体の筋肉が減ってぶよぶよしているのに気づいていた。休日は寝だめしかしていない。北條と自分の身体を比べ、情けなくなった。

「だいぶ顔色が悪いので……。外の空気を吸ったら、だいぶ違いますよ」

周囲に分かるぐらい自分の顔色が悪いのかと、久住はさらに落ち込む。ここで倒れたら皆に迷惑がかかる。久住は外に出ることにした。

心配なのか、北條が後からついて来る。久住は玄関を出て門の外まで出ると、深呼吸をした。新緑の季節の風は何とも心地よい。ここが殺人現場でなければ良かったのにと悔やむ。

気を紛らわせようと、久住は隣に突っ立っている北條に話しかける。

「――あのう、北條さん。もしかしてバスケット経験者ですか？　あ、いや、背が高いので、バスケットかバレーボールをやってらしたのかなと思いまして」

「バスケットです。小学校から大学まで続けていました。今でもたまに、仲間内でスリーオンスリーをやりますよ」

「えっ⁉　マジっすか！　僕もです！」

大声を出してしまい、久住は両手で口を押さえて首を竦める。その仕草に北條は少し笑う。久住は周囲を窺いながら声を潜め、

「ポジションはどこですか？　僕はパワーフォワードでした」

「私はスモールフォワードです」

「北條さんは、そうだと思ってました！　今度一緒に、試合しましょうよ！」

自分から誘うことのない久住だが、誘い文句がすんなりと口をついて出てしまった。すぐに我に返る。

「ごめんなさい。馴れ馴れしくて」

「いえ、いいですよ。後で連絡先教えてください」

「は、はい！」

恥かきついでにと、久住はここ一年で感じた北條への疑問をぶつけてみた。

「――北條さん、もしかして東北のご出身ですか？」

「参ったな……。そんなに訛ってました？」

北條は驚いた表情の後、恥ずかしそうに頭を掻く。

「ああ、いえ！　そんなつもりでは……。何となく、そうかな……って」

「生まれは秋田です」

「やっぱりそうだったんですね。僕は横浜です」

「千夏……、あ、いや、加賀谷先生とは幼なじみで……」

「ええっ!?」

今度は久住が驚いてしまった。今、加賀谷先生を「千夏」と呼び捨てにしたではないか。久住は混乱する。しかも、北條と幼なじみだったなんて――。

「加賀谷先生も、秋田のご出身なんですか!?」

「はい。――もしかして、ご存じなかったんですか？」

久住は大きく頷く。千夏とはプライベートの話をほとんどして来なかった。訊くのが憚られたのだ。

「そうでしたか……。私から話したことは、加賀谷先生には内緒にしていてください」

北條の表情が少し翳（かげ）ったので、久住はやはり聞いてはいけなかったのかと後悔した。もしかしたら千夏は、意図的に出身地を隠していたのかもしれない。千夏から話さない限り、北條から聞いたことは黙っていようと心に誓う。

それにしても、この北條が千夏の幼なじみだったとは――。

二人並ぶとお似合いだ。千夏や北條の幼少期のことなど、色々と訊いてみたい。どうして二人が京都にいるのか――。でも、この少しもやもやした気持ちは何だろう。自分でもよく分からないまま、北條をまじまじと見つめる。その視線に気づいた北條は首を傾げ、

「どうかしました？」

「いえっ、何でもないです。――あの、北條さんは、今回の事件の犯人の目星はついているんですか？」

久住の問いに北條は噴き出す。何かおかしいことを言ってしまったのだろうか、と久住は首を傾げる。

「そんな、ミステリ小説の名探偵じゃあるまいし。すぐには分かりませんよ」

「そうですよね！　すみません……」

久住は頭を掻いた。

「ですが……。現場の状況から分かったことがいくつかあります」

「えっ⁉ 何ですか？」

「まずは、物盗り——強盗ではなさそうですね。金品を物色した形跡がない。強盗目的なら、引き出しや両開きの扉が開けっ放しだったりするもんです。しかも、室内からゲソ痕がまったく出なかったんです。空き巣狙いのホシに、靴を脱いで上がるヤツなんかいません。見つかった時に、すぐに逃げ出せなくなるからです。さらには、土曜日の早朝、家族が揃っていそうな時間帯は絶対に狙わないでしょう」

「なるほど……」

リビングや台所の様子から、強盗目的ではないと何となく分かってはいたが、北條の説明はより分かりやすい。久住は何度も頷いた。

「私と都倉検視官は、怨恨のセンを考えてます、東山署では異常者の犯行を疑っているようですが。異常者なら、ゲソ痕が出てもいいはずです。柴垣乙華の下腹部はメッタ刺しにされていました。今までの経験上、メッタ刺しは怨恨による復讐が圧倒的に多かったです。昔は『メッタ刺しは、被害者より立場の弱い者がやる傾向にある』と言われてましたが、今では、そうも言い切れなくなりました。犯罪にも多様性の時代ですよ」

確かに、法医学の教科書で読んだ気がする。

「怨恨と言うと、柴垣乙華の知り合い……？」

「ええ。しかし、直接的な知人ではないかもしれない。ネットで知り合った男性とか。まったく、ネットのせいで、ややこしい世の中になりましたよ」

北條もスマートフォンを持っているようだが、インターネットには抵抗感があるようだ。おそらく、メールなどあまり使わず、電話で用件をすませる昔気質（かたぎ）の対応なのだろう。北條がネットを駆使している様が想像できず、何だか北條らしい。

「さっきよりも顔色がいいですよ。回復したようで、良かったですね」

それでは、と北條は爽（さわ）やかに去って行った。柴垣家の中には入らず、なぜか庭を回って家屋の裏側へと姿を消した。北條は忙しい中、久住が回復するまで付き合ってくれたのだ。北條の去った方向から視線を離せずにいると、玄関から都倉と千夏が出て来た。千夏は心配そうに久住の顔を覗（のぞ）き込む。

「姿が見えないから心配したのよ。大丈夫？」

「外の空気に当たっていたら、気分が良くなりました。まだ現場に慣れず、すみません」

「早（は）よ現場を離れた方がいいでっせ。すぐに送らせますわ」

都倉は検視官補佐を呼ぶ。検視官補佐は玄関から出て来ると、近くの駐車場まで車を取りに行った。

「あれ？　北條は？」

「北條さんなら、家の裏に行きましたけど」

「ああ、そうですか。そんなら、ええです」

「家屋の周囲まで捜査するんですか。大変ですね」

「いつものことなんやけど、今回は特別に加賀谷先生から――」

　都倉が言いかけたところで、珍しく千夏が遮った。

「都倉さん、その件は、後で私から久住くんに伝えます」

「ああ、そうですか……。すんません」

　どうして千夏が遮ったのか、さほど不思議に思わず、北條が去った方向に再び目をやったが、北條の姿はなかった。

3

　神楽岡大の法医解剖室への遺体搬入は午後二時半、司法解剖は三時からに決まった。

久住は昼食が喉を通らなかったので、すぐに解剖室へ向かい遺体を迎え入れる準備を始める。現場を離れた途端、劇的に回復した久住だったが、千夏が心配して解剖室へ現れた。

「久住くん、気持ち悪いのは治った？」

「もう、すっかり！　毎度すみません」

久住が両腕を上げて元気アピールをすると、千夏は少し笑った。

「京都府警の北條さん、紳士ですよね。具合の悪くなった僕を外に連れ出してくれたんですよ。さすが——」

「加賀谷先生の幼なじみ」と続けて言いそうになった久住は、慌てて言葉を呑み込み、

「——警察官ですよね。頼もしいなぁ」

なぜか後ろめたくなった久住は、千夏に背を向ける。

「久住くん、明日も司法解剖になるかもしれない……」

「え？　もう解剖が入ったんですか？　分かりました！　大丈夫です」

解剖が続くことなど、しょっちゅうだ。久住はさほど気に留めない。千夏に向き直り、胸を張る。

「それじゃあ、私は一旦、法医学講座に戻るから」

解剖室から出て行く千夏を見送ると、久住は再び解剖の準備に取りかかった。

午後二時を回った頃に東山署と遺体が到着し、その直後に京都府警の都倉と北條も合流し、久住は解剖室から出迎えた。北條は回復した久住を見て「良かった」とはにかむ。

久住は東山署の鑑識に遺体の写真撮影を指示すると、一旦解剖室を出て更衣室へ向かった。急いで解剖着に着替えてから解剖室へ向かう。

都倉と北條は警察官控室へ向かったようで解剖室内に姿はなく、鑑識による写真撮影が続いている。遺体の哆開創から血液が流れ続けているので、久住はタオルで押さえたりなど撮影の介助をする。

久住が臓器保存用のバケツにホルマリンを入れていると、千夏らが解剖室へ現れた。すぐに解剖台の遺体を囲んだので、久住はバケツを検査台の前へ置いた後、解剖台につく。都倉は、写真撮影を終えた遺体を視ながら切り出した。

「それで、加賀谷先生、さっき現場で頼まれた件なんやけど――」

千夏が都倉に何か依頼したのだろうか？　久住は具合が悪くてそれどころではなかった。そういえば帰りがけに、千夏が何やら自分から話すと言っていたっけ？　自分だけ除け者になったようで少ししょげた久住だが、それを察したのか千夏が、

「本屍は、分娩もしくは流産直後に殺害された可能性があるのよ」

「ええっ!?　子供が……？」

「久住くん、具合悪そうだったから、ショックを受けると思って……。ここで話すつもりでいたのよ。ごめんなさいね」

「いえ、そんなことないです。こちらこそ、すみません」

久住は素直に頭を下げた。確かに、現場で聞いたら卒倒していたかもしれない。千夏の配慮はありがたかったが、今でも十分に衝撃を受け、再び眩暈（めまい）がした。

千夏は現場で遺体とトイレの状況を視て、すでに柴垣乙華が分娩か流産直後だったと見抜いていた。都倉や北條、東山署の捜査員に、トイレの下水道を調べるよう依頼していたのだが、久住はまったく知らなかった。

柴垣家に残り排水設備を調べていた東山署の捜査員らから都倉へ連絡があり、汚水ますから嬰児（えいじ）の遺体を発見したという。

「それで加賀谷先生は『明日も司法解剖になるかもしれない』と、おっしゃってたんですね……。明日は嬰児の解剖ですか……」

「久住くんは、嬰児の解剖初めてよね？」

「はい……。もう少し大きくなった赤ちゃんはありますが……」

「今日みたいなケース、きっとこれから何度かあるだろうから、慣れておいたほうがいいわね」

嬰児の解剖の時に用意しなければならない器具や道具は、成人の時と一部が違うらしい。少し不安げな久住に千夏は「明日、教えるから、大丈夫」と解剖台に向き直った。

「本屍はトイレで流産、もしくは早産となり、怖くなって流してしまったのではないでしょうか。サニタリーボックスにあった使用済みの生理用品は、月経ではなく流産か早産の前兆だったのでは？　本屍は、妊娠には気づいていたはずです」

望まない妊娠で誰にも相談できず、トイレに産み落とし故意に流して殺害するケースは後を絶たないという。妊娠に気づかず、便意と勘違いしてトイレで出産してしまうケースもあるというが、ごく稀だと千夏は説明する。

「それで、トイレからリビングへ血痕が続いていたんやわ。あの血痕は刺された時の血痕ではなく、分娩か流産直後に外陰部から流れ出した血痕――」

都倉の見解に千夏が頷く。

「本屍はトイレで分娩・流産直後、リビングに戻ったところで襲われた――ということになります。おそらく、リビングの血痕にも外陰部からの出血が混じっています」

千夏は壁掛け時計を見上げ、都倉に目配せをした。都倉と北條は解剖台を離れ、久住は千夏の向かい側に移動する。

「それでは、柴垣乙華さんの司法解剖を始めます。――黙禱」

妊娠が分かった時、誰にも相談できなかったのだろうか。母親が生きていれば相談できたのだろうか、と久住は黙禱の間に色々なことを考えてしまった。

現場での検案と同様、千夏は再び外表を観察してゆく。哆開創が乾燥しはじめていたので、久住は濡れたタオルを宛がう。

外表の観察の最後に千夏は遺体の膣に膣鏡を入れ、子宮口などを観察する。

「やはり、胎児がいた痕跡がありますね……。後で子宮と卵巣をよく視てみましょう」

外表の所見を取り終えたので、久住が遺体を背面にしようと捜査員に指示を出そうとすると千夏が、

「遺体をうつ伏せにすると哆開創からの流血が止まらないので、前面から開きましょう」

久住が頷くと、千夏は哆開創を避けながら胸腹部をY字に切開する。メッタ刺しにされた腹部は避けようがないので、通常どおり正中線で切開する。

千夏と久住で遺体の皮膚を剝離する。胸の哆開創はさらに深く、脂肪組織と筋肉を貫通していた。腹部の哆開創は浅い創と深い創が入り交じり、深い創から臓器がはみ出ている。

それら全部の哆開創に番号のラベルをつけ、ひとつひとつの写真撮影を終えると、千夏と久住は胸部の脂肪組織と筋肉を剝離する。続けて千夏は、剪刀で剣状突起から

恥骨までの腹筋を一直線に切開する。腹筋は哆開創のせいでズタズタになっていた。

胸部の哆開創は第四肋間を貫通し、左肺に入っているようだ。刃物は肋骨をかすりもせず、誰も心臓マッサージをしていないので、肋骨に損傷はない。腹腔内は多量の血液が溜まり、腸間膜や腸管は断裂し、大便も漏れ異臭を放つ。腹腔内には三百ミリリットルの血液が貯留し、大便や溶けた脂肪が混じり、ビーカーの液面に油滴が浮いていた。

写真撮影の後、肋骨剪刀で肋骨を剪断し、肋骨を取り去る。

「うわぁ……。血胸になっていますね」

左胸腔を見た久住は、思わず声をあげていた。

両肺に血の気はなく、左肺はしぼんだままだ。左胸腔内には多量の血液が貯留していた。レードルで血液を掬い上げ、ビーカーに移すと写真撮影をする。その量は八百ミリリットル。解剖台に乗るまでにだいぶ流出したはずだが、まだこんなに溜まっていたのかと久住は驚く。

左胸腔から血液をすべて除去し、千夏は左肺を静かに持ち上げて観察する。左肺の上葉には大きな哆開創が開いていたが、背中までは貫通していなかった。

「創底、いわゆる刃物の先端は左肺上葉の中で終わっていますね。貫通はしていないですが、結構深いです」

千夏は目盛りのついたゾンデを皮膚の哆開創から左肺上葉の哆開創まで差し込み、創の深さを測定する。

「創洞（そうどう）の深さ、外表から創底までは八センチメートルです」

「この創だけでも、死因になりそうですわ」

都倉の言葉に千夏は「刺した順番は分かりかねますが」と言いながら頷く。

右肺と心嚢（しんのう）に損傷はない。心嚢を切開すると心臓にも損傷はなかったが、千夏が心臓を摘出しようと下大静脈（かだいじょうみゃく）を剪刀で剪断しても、血液は流れ出てこなかった。

「完全に失血状態ですね」

「検査は、左胸腔内の血液を使うしかないわね」

「分かりました！」

久住は隙を見計らって左胸腔内の血液をチューブに分注する。現場の血痕と照合するために血液のＤＮＡ鑑定が必要とのことで、久住は警察にも血液を分けてやった。

ズタズタの膀胱（ぼうこう）を切開し膀胱粘膜を観察していた千夏は、久住と目が合うと頭を横に振った。尿がまったくないという意味だ。

「今回は、私が哆開創の状態を見ながら腹腔内の臓器を摘出していきます。久住くんは損傷のない頭部をお願い」

久住は遺体の頭部に回った。長い毛髪をブラシで梳（す）き、頭皮をメスで切開しやすいように毛髪をゴムでまとめる。その間に千夏は、腹腔内の臓器を手際よく摘出してゆく。

肝臓と脾臓、左右の副腎に損傷はなかった。胃と十二指腸、膵臓も綺麗だった。やはり上腹部の臓器は無事なようだ。左右の腎臓は尿管が断裂し、大腸と小腸は三ヵ所で断裂していた。腸間膜にも複数の哆開創があった。

膀胱はズタズタだが、子宮と卵巣はわずかに損傷を受けていただけだった。

千夏は手際良く腹腔内を空にすると、今度は頸部器官と両肺を摘出する。久住が頭皮をめくり終えない内に体腔は空っぽになってしまった。驚いている暇はない。久住は頭皮をめくり終え、側頭筋も剝離すると、骨膜剝離子で骨膜を剝がし、頭蓋骨を綺麗に露出させた。

千夏は切り出し台へ移動し、心臓から丁寧に検分している。この間に久住は頭蓋骨を電動鋸で鋸断し、脳を摘出した。硬膜外や硬膜下にも異状はなく、脳も綺麗だ。

千夏は最後に、子宮と卵巣を検分する。子宮は肥大し、握り拳よりひと回り大きくなっていた。

「卵巣は刃物による損傷はありますが、病的な異状はありませんね。子宮内部には胎児の付属物——胎盤とへその緒の一部が残留しています。子宮はそれほど大きくありませんし、妊娠初期の流産の可能性があります」

柴垣乙華は流産していた――。久住は思わず目を瞑る。

「子供の父親は誰なんやろな。交際相手か――？」

都倉は誰にともなく呟くが、東山署から柴垣乙華の交友関係の報告はまだなく、代わりに柴垣哲太の事情聴取の経過報告が寄せられた。

父親の哲治は数日前に海外出張から戻り、会社へ出勤していた。今日は土曜日で全員休日だったが、哲太はサッカー部の練習があり高校へ行く準備をしていた。昨日は休んだものの、体調が回復した乙華も課外授業のために登校するつもりで制服に着替えていたという。哲太が午前八時に家を出た時は、妹と父親は自宅にいたという。東山署の捜査員は、

「柴垣哲治の勤務先に問い合わせましたが、土曜日ということで、裏を取るのに時間がかかりました。柴垣哲太の言うとおり、哲治は数日前にアメリカから帰国しています。昨日まで普段どおり出勤していたんですが――」

今朝から柴垣哲治と音信不通であることが判明した。柴垣哲太がちょっとした用事のため、サッカーグラウンドから哲治のスマホに何度も連絡を入れたのだが、まったく応答がなかったという。

「我々も柴垣哲治に連絡を試みているのですが、まったく通じません」

自宅には柴垣哲治のスマートフォンがなく、財布は残されていた。車庫に車もある

ことから、徒歩で移動可能な範囲に捜索を広げたようだ。

東山署は犯人の「異常者説」を捨てていなかった。ついには「父親もその異常者に襲われて、どこかで亡くなっているのではないか」と主張した。

「ほんなら、あの血痕の中に、柴垣哲治のものも混在しとるっちゅうことか？」

都倉は異常者説に懐疑的のようだ。

「そうです。二人で自宅にいるところを襲われて、柴垣哲治だけ連れ去られたのではないでしょうか？　自宅にいなかった哲太だけ、難を逃れたとか」

「娘はそのまま放置で、父親だけ連れ去る理由はなんなん？」

「それは……。柴垣哲治に恨みのある者の犯行では？　ホシは乙華の交際相手で子供の父親ではないでしょうか」

捜査員の見解は、異常者説から乙華の交際相手説に流れていった。東山署でも意見が割れているらしい。

「柴垣哲治に乙華との交際を反対されたホシが、逆上して二人を襲った可能性はどうでしょうか？」

「交際を反対されて父親を恨んどったら、何で娘まで殺すん？　父親だけいなくなればええやんか」

「柴垣乙華の妊娠が、ホシにとって都合悪いもんになったのでは？　ホシは既婚者ですよ」

「そら、かなり矛盾してるわ。もっと捜査を詰めてんか」

　都倉は笑った後、すぐに真剣な表情に戻る。

「早よ、柴垣哲治の行方を捜したってぇな。いくら伯父のもとにいるとはいえ、残された息子が可哀想やで」

「了解です！」

　千夏は最終的に柴垣乙華の死因を「多発刺創による失血死」とし、流産は死因とは無関係と断定した。

　久住はいつも以上に丁寧に縫合し、縫合可能な哆開創はすべて綺麗に縫ってやった。解剖立ち会いを終えた都倉と北條は息つく暇もなく、すぐに嬰児の検視に向かってしまう。嬰児はすでに、東山署の霊安室へ搬送されていた。嬰児の司法解剖は明日、再び千夏が執刀と決まった。千夏も忙しいが、疲労の色を見せていない。そういえば千夏がぐったりしている所を見たことがないと久住は気づいた。

　時刻は午後十時を回っており、解剖室の外は暗くなっていた。こんなに時間が過ぎていたとは知らず、久住は疲労と事件の精神的ショックから脱力してしまった。解剖台に両手をついていると千夏が、

「久住くん、これから時間ある？」

本当は今すぐにシャワーを浴びてベッドに飛び込みたいところだが、千夏の誘いとあらば断れない。久住は背筋を伸ばした。

「はい！　何でしょうか」

「申し訳ないけど、明日の嬰児の解剖の準備をしてしまいましょう。私が教えます」

「は……」

千夏からの食事のお誘いではと、少し期待してしまった自分が恥ずかしい。顔が赤くなるのが分かり、思わず千夏に背を向けた。

「どうしたの？　もしかして嫌だった？　明日にしましょうか」

「いえっ！　今からご指導お願いします」

久住は向き直り、千夏に顔を見せないよう深々と頭を下げた。千夏は「そんな、大袈裟(おおげさ)よ」と少し笑う。千夏がちょっとした笑顔を見せるようになっただけでも大進歩だと自身に言い聞かせ、千夏と共に通常出している解剖器具を片づけ始めた。

「明日は嬰児だから、メスの刃は小さいものがいいわね。肋骨剪刀(ろっこつせんとう)や骨膜剥離子なんかは使わないから片づけていいわ。剪刀やピンセット類もそれぞれ一個でいいと思う。なるべく余分な器具を減らしましょう」

「分かりました」

「久住くんは『浮揚(ふよう)試験』を知ってる？」

まったくの初耳だ。法医学の教科書に載っていただろうか、と記憶の糸を手繰り寄せるがまったく分からない。

「すみません、分からないです……」

「ちょっと来て」

と、千夏に連れられ向かった先は臓器保管庫だ。解剖に附された人の臓器だけでなく、一部物置となっている。千夏が指差したのはプラスチックの小さな水槽だ。

「何でしょうか、これ？」

「浮揚試験に使うものよ。産み落としなどのケースで嬰児を解剖する場合、必要なの」

「どのように使うんですか？」

「生産児、死産児を鑑別するのに使うの。これに水を張って、嬰児の肺や胃腸を浮かべるの。空気を吸っていれば浮かぶし、吸っていなければ沈む――。そうやって生産か死産を鑑別するのよ」

「なるほど！　どうしてこの水槽がここにあるのか分かりました」

なぜここに水槽があるのかという、ここ一年の疑問が氷解した。

「ただし、これには注意点があって――」

「もしかして、腐敗ガスですか？」

「そう。良く分かったわね。腐敗ガスが発生していると、この試験の鑑別は難しいの」

法医学領域には、まだまだ自分が知らないことがある。落ち込んでいる暇はない、と思うのだが、柴垣乙華の臓器の一部が保存されたバケツを見つけ、再び気分は暗くなるのだった。

4

次の日の午前九時、嬰児の遺体を目の当たりにした久住は、あまりの小ささにショックを受ける。これまで乳児の解剖は何度か経験してきた久住だったが、生後数カ月から一歳ぐらいで、それなりに成長した赤ちゃんばかりだった。しかし、今回の嬰児は体長わずか九センチメートルと久住の片手に乗るぐらいだ。皮膚の色は赤黒く、当然目も開いていない。小さすぎて、手の大きい久住では余計なところまで切開してしまいそうだ。

「身長は九センチメートル。体重は十九グラム。体長や状態から、十一週前後ではないかしら？　胎児の付属物が子宮内に残っていたので、早期の不全流産ね。早期の流産は胎児側が原因のことが多いです。──多胎妊娠や染色体異常などですね」

　それを聞いて久住はさらに気が重くなった。嬰児の解剖が始まる直前、都倉や東山署から気が重くなる事実を聞かされたのだ。

　本日の早朝に東山署が、柴垣家の裏の竹やぶで首を吊って死亡している柴垣哲治を発見した。柴垣哲治の足元には、大量の血液が付着した出刃包丁が落ちていた。同じく足元にスマートフォンが残されており、メモには「娘を殺した」と一文だけの遺書が残されていたが、動機は不明だった。通常、自殺なら司法解剖には附されないが、柴垣乙華殺害の被疑者ということで、今日の午後に司法解剖が決まったのだ。北條の姿が見えないと思ったら、東山署での柴垣哲治の検視に同行しているらしい。どうやら他の検視官が担当するようだ。

「娘が妊娠して、世間体が悪いとでも思ったんやろか？　まだ十六歳やからな……。ウチが親なら、相手の男を半殺しやで。何で娘に殺意が向くんや」

　確かに都倉の言うとおりだ。相手の男を呼び出すのが先だと思うが、もしやすでに会っており、それが拗れた結果だろうか──？

　この間、千夏は一人で嬰児にメスを入れていた。発達途上の臓器がほとんどで、状態が悪く判然としないが、千夏は嬰児の死因を「母体の流産による死亡」とした。女子高生が故意に殺害した訳ではなく犯罪ではないと断定したのだ。ホルマリン入りの容器で保存していた母体側のへその緒と、嬰児側のへその緒の断面が一致した。科捜研で嬰児のDNA鑑定をするため、東山署が嬰児のへその緒の一部を持ち帰ることになった。

　嬰児の解剖は一時間ほどで終わり、都倉や東山署が引き上げようとしていた時、千夏が急に都倉の前に立ちはだかる。

「どないしたん？　加賀谷先生」

「嬰児の父親は、柴垣哲治の可能性があります」

久住は我が耳を疑った。都倉も「ホンマですか!?」と千夏に詰め寄る。

「柴垣哲治は娘が自分の子供を妊娠し、流産したことに動揺し、殺害してしまったのではないでしょうか。柴垣乙華の下腹部に咬開創(しかいそう)が集中していたのは、世間体を気にして妊娠と流産の事実を隠そうとしたためではないかと」

「なるほど！　そんなら、下腹部がメッタ刺しにされとった理由が分かりますわ。嬰児の父親が、他ならぬ実の父親だったとは――」

「午後の解剖で柴垣哲治のDNA試料をお渡ししますので、科捜研でDNA鑑定をお願いします」

「承知しました！　まあ、父親の死因は縊頸(いけい)による窒息で決まりでしょうが……。ほな、一旦(いったん)引き上げますわ、午後もよろしくお願いいたします」

都倉と東山署は千夏と久住に深々と頭を下げた。殺害動機まで分かったも同然と、都倉ら警察は足取り軽く解剖室を後にした。残された久住は気が重いままだ。

「血縁者からの性的虐待事案は、結構多いのよ。今回は最悪の結果になってしまったわね――」

千夏は溜息(ためいき)をつく。最悪の結果だが、判明した事実は受け止めないと――。久住は自分を納得させようとしたが、そう思えば思うほどやりきれない。

食欲旺盛(おうせい)な久住だが、昨日から食事をまともにとっていない。食欲が全然湧かないのだ。昼食をとらないまま、再び解剖室へ来てしまった。昨日、千夏と一緒に解剖準備をしてしまったのでやることがない。しばらくは書記台の椅子にすわり、呆然(ぼうぜん)としていた。

午後一時になり、柴垣哲治の遺体を搬送して来た東山署の捜査員から報告があった。重い口調だった柴垣哲太が、父親の遺体が見つかったことで供述を始めたという。

千夏が推測したとおり、哲治と乙華は近親相姦(きんしんそうかん)の関係にあった。

哲太は以前より、二人のただならぬ関係に気づいていたが「どうすることもできなかった」「誰に相談して良いか分からなかった」と泣き崩れた。二人の関係は、母親が亡くなったのを機に始まったらしい。妹の妊娠は知らなかったようで、さらにショックを受けていた。

哲太は「父親は世間体を気にする質だから、誰にも理由を告げずに死を選んだにちがいない」「せめて自分だけには、打ち明けてほしかった」「妹にも悪いことをした」とさらに号泣した。

哲治は、先に亡くなった妻の一華に顔向けできるのだろうか——？

何だか悔しくて、久住は遺体の顔をまともに見られない。チラチラと視線をやり、ようやく顔貌を認識した。四十五歳と聞いていたが、白髪を染めているのか若々しく見えた。彼も昔はサッカーをやっていたとかで、身体はわりと筋肉質だ。

遺体の頸部にはくっきりと索状物の痕が残っていた。千夏は柴垣哲治の頸部を視ながら、

「索状物は何ですか？」

「どこにでもある、荷作り紐ですわ。新聞紙なんか括るヤツです。——加賀谷先生に現物を見したって」

都倉に命令され、東山署の捜査員が荷物からパッキング袋を取り出した。その中では、白い荷作り紐がとぐろを巻いている。久住は、東山署の鑑識に写真撮影の指示を出した。

「鑑識作業が終わっていたら、袋から取り出して撮影してください」

微物の採取などはすでに終わっているらしい。久住は恐る恐る荷作り紐を袋から取

り出すと、写真撮影台に置いた。鑑識係が撮影を終えた後、久住は荷作り紐の長さを測る。

「百二十センチメートルですね」

「都倉さん。本屍の足は、地面についていましたか？」

「はい。ついてました。体重が後ろにかかるような吊り方で、非定型縊死ですわ」

都倉は千夏の問いに答え、書記台に柴垣哲治が首を吊った状態の現場写真を並べる。竹の枝は細く、折れやすいはずだ。どのようにして首を吊ったのだろうと久住は疑問に思っていたが、柴垣哲治は倒れた竹の棹に荷作り紐を括っていた。倒れた竹は他の竹に支えられ、成人男性の体重でも折れなかったようだ。

現場の写真には、確かに凶器の出刃包丁が写っていた。刃全体に血液が付着している。果たしてこの血痕は、柴垣乙華だけのものだろうか？

久住は柴垣哲治の両手と両腕に注目する。青痣や擦過傷が数ヵ所あったものの、出刃包丁での自傷はないようだ。

「眼球と眼瞼結膜に溢血点が多数出てましたわ。顔面も鬱血してますし」

「椎骨動脈が閉鎖されなかったのでしょうね」

久住は都倉と千夏の会話をただ聞くことしかできず、心ここにあらずだ。この遺体が、娘を妊娠させた挙句、殺害した犯人だと思うと解剖に身が入らない。しかし、それでもやるしかない。解剖台に乗っているのは一人の人間だから――。

「久住くん、着替えましょうか。すぐに解剖を始めましょう」

千夏も久住も、まだ解剖着に白衣姿だった。千夏は更衣室へ消え、久住も更衣室へ入った。室内の雑然とした消耗品を呆然と眺めながら、久住はのろのろと着替える。何だか身体が重い。疲労のためだけではなさそうだ。

ふと、左人差し指の傷痕に目が行く。約一カ月前、柊教授との解剖中にメスで切った痕だ。その時のことがまざまざと蘇る。思い出したくないのに、思い出してしまう。

遺体は若い外国人男性だった。ホテルの一室で亡くなっており、室内からは覚醒剤の空パケが発見された。全身、刺青だらけで、腕には新しい注射痕が複数あった。解剖前に教授から「針刺しには十分注意するように」と言われたばかりだった。刺青がある者や覚醒剤常用者はB型肝炎やC型肝炎に感染している可能性が高い。しかも遺体は違法滞在の外国人だった。病歴がまったく分からない。

久住がメスで手を切ったのは、遺体の背中を開いていた時だ。

遺体の背中には天使の羽のような派手な刺青が施されていた。教授は躊躇なくその刺青ごと背中の皮膚をT字切開した。教授のメス捌きは千夏よりも大胆だが、皮膚に穴を開けたりしない。自分も教授を真似てみようと、調子に乗った矢先だった。皮膚を摘まんだ左人差し指にメス先がざっくりと当たった。教授が見てもわかるぐらいの刺し方だった。

「――すぐに流水で洗浄するんだ。講座に帰って、感染制御部に連絡しなさい。君の代わりに、誰か補助を一人よこしてくれ」

いつもは明るい教授の、冷たい物言いが忘れられない。

慌てて解剖着を脱ぎ、更衣室の洗面台で指を洗った。しばらく血液が止まらず、痛みよりもショックで、水流に混ざる血液を呆然と眺めていた。

すごすごと法医学講座へ帰ると、心配そうな表情で千夏が出迎えてくれた。

解剖中の怪我は医療事故に該当するので、労災などの手続きが必要だ。その教えを乞(こ)うために感染制御部に連絡しなければならないのだが、その連絡の一切を千夏がやってくれた。その上、連絡が終わると久住の代わりに解剖へ入ってくれた。千夏には感謝してもしきれない。

感染制御部から、病院の検査部へ向かうよう久住に連絡があったのはわずかの後だった。法医学講座から遠い検査部で採血を受けている間、そこにいる患者や臨床検査技師らから笑われているような気がして、ひどく惨めだった。

久住の血液検査の結果はその日の内に知らされ異常はなかったが、これから二週間後、一ヵ月後、三ヵ月後、半年後と血液検査をしなければならない。そろそろ一ヵ月が経過するので、再び検査部に行くのが憂鬱(ゆううつ)だが、外国人男性の遺体に感染症がまったくなかったのが幸いだった。死因は急性覚醒剤中毒だった。

気分が重い時は、過去の嫌な記憶が呼び起こされて負のスパイラルに陥るのだ。それが久住の悪い癖だ。止めようと思っても止められず、メスで自傷した時以外にも柊教授にしこたま叱られた時のことや、雨の日に河原町通で滑って派手に転んだことなどが、どんどん思い出される。

癖っ毛を掻き毟り、何とか記憶を封じ込めた。こうしてはいられないと、久住が解剖室へ戻ると、案の定、千夏はすでに解剖台についており、司法解剖が始まっていた。

「どうしたの？　遅いわよ」

「すみません……」

千夏は遺体の頸部の所見を取っていた。頸部には暗紫色の索状物の痕がくっきりと残っている。一重ではなく、何重にも荷作り紐を巻いたようだ。顔面は鬱血し、眼瞼や眼球結膜だけでなく口唇粘膜にも溢血点が多数認められた。一日以上、首を吊ったままの姿勢だったため、死斑は膝から下に出ていた。失禁の痕跡は現場にもなかった。

背面にはまったく損傷がなく、皮下の脂肪織内や筋肉内にも出血はない。遺体は皮膚が分厚く筋肉が発達していて、メスが通りづらい。メスで手を切った時の状況とよく似ていて、久住はさらに憂鬱になった。千夏と二人で背中の縫合を終えると、すぐに前面に移った。損傷が少ない分、解剖はスムーズに進んだ。

前面の皮膚も分厚く、皮下脂肪は少なかったが久住は剥離するのに苦労する。早くも全身が汗びっしょりだ。

背面同様、皮下や脂肪織、筋肉内に出血はない。誰も心臓マッサージをやっていないので、肋骨に骨折もない。千夏が首の皮膚をめくったが、皮下や筋肉内に出血はなかった。これは、索状物に圧迫されていたからだ。索溝より上の筋肉には、わずかながら出血があった。

東山署の捜査の結果、柴垣哲治に大きな既往歴はなく、自宅から発見されたのは皮膚科の診察券だけだった。タバコを吸わないせいか、男性にしては両肺に炭粉沈着が少ないものの、鬱血水腫様だ。酒も飲まないということで内臓脂肪も少なく、臓器を摘出しやすそうな腹腔内だ、と久住は少しホッとした。

心臓の冠状動脈も年齢相応で、他の臓器にも異状は見られなかった。

頸部器官の舌骨と甲状軟骨は骨折していた。これは索状物で首を括ったことによるものだ。

千夏は柴垣哲治の死因を「縊頸による窒息死」とした。内景所見は窒息死によく見られる「急死の三徴候」と呼ばれる「溢血点」「暗赤色流動血」「臓器の鬱血」が揃っていた。死亡推定日時は昨日の午前九時前後。柴垣乙華を殺害した後すぐに自宅裏の竹やぶに逃げ、そのまま首を吊ったのだ。

警察は「被疑者死亡による書類送検」で事件の決着をつけたが、都倉の悔しそうな表情が久住には印象的だった。

数日後、都倉が法医学講座に姿を現す。

今日はひどい土砂降りで、都倉は「傘を差してもムダでした。参りましたわぁ」と、濡(ぬ)れた作業服をハンカチで拭(ふ)いている。

久住は千夏を呼びに行き、人数分のコーヒーを淹(い)れた。柊教授は教授会で不在だった。「教授の分も残してあげてぇな」と、久住に手土産を渡してくる。共有スペースに姿を現した千夏は都倉に深々と頭を下げる。都倉から手土産をもらった旨を伝え、紙袋を見せた。千夏の目が少しだけ輝いたように見えたのは気のせいだろうか。

科捜研によるDNA鑑定の結果、嬰児の父親はやはり実の父親である柴垣哲治だった。柴垣家の現場の血痕と凶器の出刃包丁に付着していた血痕は、全て柴垣乙華のものと断定された。千夏は、都倉から渡された書類に真剣に目を通す。

今回の結果にもショックを受けた久住は、一人残された柴垣哲太のことを思い、さらに落ち込んでしまった。何とも後味の悪い事件で、まだまだ引き摺(ず)りそうだ。都倉の差し入れには、いつも真っ先に手をつけるのに、今日に限ってはマグカップを弄(もてあそ)んだまま眺めることしかできない。

都倉の手土産はブランブリュンの焼き菓子だ。確か店舗は中京区の竹屋町通東洞院だったはず。久住の向かい側に座っている千夏は、早くも三個目を平らげている。そういや加賀谷先生も結構食べるよな、と千夏の食べっぷりに見入ってしまった。このままだと教授の分がなくなってしまうと心配になった。

千夏の食習慣はどうやら、食べない時はまったく食べず、食べる時は一気に食べるようだ。この前はコンビニのカツ丼を食べた後で中華丼も食べていた。今日は食べる日のようだ。

外の雨は止む気配がない。ますます激しく窓に打ちつけている。久住は呆然とそれを眺めながら、

「柴垣哲太は残酷な現実を背負って、このまま生きていけるんでしょうか。マスコミやネットの報道も過熱するでしょうし、面白おかしく書きたてる人たちもいますよね」

「まあ、確かに、ヤマがヤマやし、恰好のネタになるやろね……。しかし、人の噂は七十五日やから。新しいヤマやネタが出たら、皆、そっちに食いつきまっせ」

千夏も窓の外に目をやった後で、

「人はそれでも生きていかねばなりません。周囲からの援助も必要ですが、乗り越えるべきは自分自身です。後は、彼次第なのでは」

と、四個目の焼き菓子に手を伸ばした。

春先に久住が事件現場の寺で幽霊を目撃した時、千夏は「亡くなった人に、また会えるかもしれないという希望が湧く」と言っていた。千夏の会いたい人とは、一体誰なのだろう?

千夏の横顔を見つめながら、久住はぼんやりと考えていた。

その腕で、もう一度

1

与島実禾（よしまみか）が試着室のカーテンを開けて出た時、あまりの眩（まぶ）しさに目を細めた。試着室内はやけに薄暗かったのだ。

烏丸御池（からすまおいけ）のブライダルサロンで、実禾は今、五着目のウェディングドレスに身を包んでいる。「ウェディングドレスは絶対にマーメイドライン」と決めていた。しかし実際に着てみると、ふんわりと裾（すそ）が広がるプリンセスは本当にお姫様みたいだったし、Aラインは上品に見え、どれも素敵で迷っていた。今、身に纏（まと）っているのは二着目のプリンセスである。

二人の女性店員は「お似合いですよ」と笑顔を振りまいているが、誰にでもそう言っているにちがいない。

「あらぁ、実禾さん！　可愛らしいわぁ。ウチの座敷にあったフランス人形みたいやないの」

「あんな煤（すす）けた人形と、実禾を一緒にすんなや」

「失礼やなぁ。あれはウチのお気に入り。嫁入り道具やで！」

婚約者の松久保浩介と、その母である沙弓の掛け合いに、今まで何度笑ったことだろう。ただでさえウェストラインの細いドレスを着ているのだから、これ以上は笑わせないでほしい。

松久保沙弓は大阪出身だけあって、今日も派手なヒョウ柄のスウェットを着ている。中央には大きな虎の顔がついており、見る者を威嚇しているようだ。浩介は沙弓のスウェットを見るなり「他人のふりしたいわ」と顔をしかめていたが、実禾は嫌いではなかった。

サロンに到着してすぐに浩介のタキシードを選んでいたのだが、何せ浩介の身長は百九十センチメートルもある。ピッタリ合うタキシードが見つかるわけがない。どれもつんつるてんで、沙弓は「猿回しの猿やで」と涙を流して笑っていた。真っ赤になっていた浩介が可哀想だったが、急に成長した小学生の男の子みたいで、沙弓と一緒に笑ってしまった。浩介の白いタキシードは、取り寄せになった。

浩介と目が合うと、恥ずかしそうに視線を逸らす。沙弓に「ちゃんと見なアカン」と、腕をどつかれていた。その沙弓は自分のスマートフォンで実禾の写真を色んな角度から撮影しまくっている。

「実禾さん、首がほっそりとして綺麗やから、オフショルダー似合うてるで。もうこれにしとき！　裾がふわふわでお姫様みたいやんか。さっきの瓢箪（ひょうたん）みたいなドレスより、よっぽどええで」

「瓢箪やのうて、マーメイドラインやがな！　オカンは昔っから、猪首（いくび）やしな」

「アンタを産んで、こうなったんやで。責任取りや！」

実の所、実禾もこのドレスをすごく気に入ってしまった。しかし、浩介と決めた予算からは五万円も高い。値札を見て溜息（ためいき）をついた。ひとつ前に試着したマーメイドラインのドレスは予算内に収まる。昔からマーメイドラインと決めていたことだし、さっきのにしよう――。

「俺、トイレに行ってくるわ」

浩介に相談しようと思っていたのに、二人を残してそそくさと衣装コーナーを出て行ってしまった。実禾は溜息をつく。そんな実禾の肩を、沙弓が優しく叩（たた）く。ふくよかで温かい手だ。

「実禾さん、今日は勝手にくっついて来て、堪忍やで。本当は、二人で来たかったやろ？」

「いえ、そんな……」

本当は浩介と二人だけで、ここに来る予定だった。しかし待ち合わせ場所に現れた浩介は沙弓を連れていた。今日のことを沙弓に話したら「ウェディングドレス選びを手伝いたい」と無理やりに浩介のもとへ押しかけたのだった。

「お義母さんと一緒にいるんは楽しいです」

「ホンマ？　嬉しいわぁ……。おおきに。で？　どのドレスにしはんの？　これにしたらええやん。気に入ったんやろ？　今までで一番似合うてるで」

「はい。でも……。正直に言いますと、予算オーバーで……」

「何や！　そんなこと気にしてたん⁉」

沙弓は、ガハハと大口を開けて笑った。

「心配せんとき。ウチとお父ちゃんが援助したるさかい」

「いえ、そんな！」

「浩介には黙っとったけど、お父ちゃんと二人で、浩介の結婚資金を貯めとったんや。浩介、貯金苦手やろ？　浩介に渡したら、くだらんことに使うんやないかと思って」

「………」

「それにウチ、娘が欲しかってん。――子供ら全員、男兄弟やしな」

浩介の下には二人の弟がいるが、まだ結婚の予定はないらしい。浩介が最初なので沙弓は大張りきりなのだ。

「――娘と一緒にドレス選びするの、夢やったんや。昔っから、お姫様みたいなドレスに憧れてたてな。ウチの結婚式は着物やったし……。せやから、フランス人形持って、お父ちゃんとこ嫁いで来たんやで」

「お義母さん……」

「何も遠慮せんと、母親に甘えたったらええんや」

実禾はいつの間にか泣いていた。沙弓が慌てる。

「これから浩介と夕食に行くんやろ？　せっかくのお化粧が台無しやんか」

沙弓はハンカチで甲斐甲斐しく実禾の頬を拭う。そこに、浩介が戻って来た。

「何や、早速、嫁イビリか⁉　破談になったら一生恨むで、オカン」

「うっさい子やなぁ。ちゃうわ！」

こんなに幸せで良いのだろうか？　実禾の涙はしばらく止まらず、沙弓と浩介を困らせてしまった。

ウェディングドレスが無事に決まると、沙弓は「ほな、また。財布の紐は実禾さんが握るんやで」と、あっさり山科へ帰って行った。

沙弓を見送ると二人は、予約していた室町二条のイタリアンレストランまで徒歩で移動する。烏丸御池からはすぐだった。人気の店内はすでに満席で、予約して良かったと二人で安堵する。

室町通が見通せる窓際の席で、赤ワインと和風パスタに舌鼓を打ちながら実禾は、

「お義母さんを食事に誘わなくて、良かったん？」

「オカンは、こんな洒落たとこのメシなんか食わん」

「そんな……」

「俺らに遠慮したんちゃう？　勝手にくっついて来て、悪いと思ったんや」

「気にせんでもええのに。浩ちゃんとお義母さんの掛け合い、好きやで」

「漫才師ちゃうよ。俺は料理人やで」

浩介は中華の料理人、実禾はフードコーディネーターだ。山科出身の二人は京都市内で働き、北山のマンションで同棲していた。高校時代からの付き合いで、二人とも食べることが好きだった。浩介が中華の料理人を目指したのは、シュウマイが大好物だったからだ。中華料理の店に行くたびに、餃子派の実禾とは意見が対立したが、結局は「どっちも美味しい」と、それぞれ頼んだ料理をシェアするのだった。

「そういえば、浩ちゃんの先輩、独立するんやったな？　オープンの手伝い、いつやったっけ？」

「ああ、明日」

「えっ!?　もうそんなんやった？」

「明後日がオープンパーティーやから、遅れたらアカンで。六時開始やからな」

「場所、どこやったっけ？」

「御所南。間之町竹屋町や。公園の近くやから、分かるやろ。後で地図送るわ」

「やだ、着て行く服ないわぁ。買わんと」

「この前も、買うてたやないか!?」

「あれは、同窓会のためのワンピース！」

「それで、ええやんか。結婚式に金かかるんやし、節約せんと」

金遣いの荒い浩介に言われ、少しムッとした実禾だったが、それもそうだと思い直した。

夕食後、すっかり暗くなった路地裏を二人でそぞろ歩く。家々の灯りや店の提灯が幻想的だ。

実禾は浩介の長い腕に自分の腕を絡める。こうして歩くのが一番好きだった。

「浩介の腕、めっちゃ長いなぁ」

「まあ、それでバレーボールもやっとったし……」

もし子供ができたら、子供は絶対に浩介の腕にぶら下がるだろう。実禾はそれを想像して笑った。

「何？　どうした、急に笑って」

「ううん、何でもない。子供できたら、楽しいやろなぁと思って」

浩介と子供は二人と決めている。性別はどっちでもいい。

「今すぐ作ってもええんやで」

浩介はふざけて実禾を抱きしめようとする。実禾は浩介を殴るふりをして、再び左腕にしがみついた。

「相変わらず実禾は、こうするのが好きやんな。俺じゃなく、俺の腕が好きなんか？」

「自分の腕に嫉妬するの、オカシイで」

「それも、そうやな」

二人で笑い合うと、地下鉄烏丸御池駅を目指した。

この幸せがずっと続きますように。

実禾は密かに祈っていた。

2

「また、ここに来ることになるとはなぁ……。何の因果やねん」

京都府警察本部捜査一課・検視官の都倉晶穂は、東洞院通と竹屋町通の一角にある洋菓子店、ブランブリュンを見つめながら独り呟く。

「え？　都倉さん、以前にも、ここにいらしたんですか？」

都倉の部下で警部補の北條秀哉が都倉の独り言に反応した。

「ああ……。神楽岡大の法医学講座へ行く時に、あっこの洋菓子店で土産買うたんよ」

「へぇ……」

甘い物が苦手だという北條は、まったく興味がなさそうだ。都倉が指差したブランブリュンからすぐに視線をはずし、臨場現場に向き直る。

季節はすでに梅雨入り直前だが、貴重な晴れ間が広がった日の午前十時、都倉は府警本部の数名の同僚と共に、京都市中京区の竹屋町通にいた。雲ひとつない晴天とは裏腹に、皆、口数は少ない。北條も今日に限っては表情が暗く、口元を堅く結んだまま現場をずっと見つめている。都倉の雑談に付き合おうともしなかった。

「思ったよりひどい……と言うか、跡形もないですね。それにまだ焦げ臭い」

「夜でまだ良かったわ。日中やったらエライこっちゃで。爆風でガラスが全部割れたっちゅうし」

都倉は、公園の向こう側にあるガラス張りの児童館に視線をやった。規制線の向こう側では、近所の住人が不安げに焼け跡を眺めている。

現場は京都地方裁判所に近く「御所南」と呼ばれる地域だ。京町家と近代的なマンションが混在する閑静な住宅街だが、近年は高級な飲食店が次々とオープンしていた。一昨日の午後八時頃、京町家をリフォームして新たにオープンする予定のレストランで爆発火災が起きた。都倉は検視業務で京都市内にいなかったが、府警本部にいた同僚らは爆発音を聞いたらしい。最初は花火かと思った、と皆口々に言っていた。ここから京都府警本部までは直線距離で約七百メートル、徒歩でも十五分程度の距離だ。

都倉らは、その爆発跡地に臨場していた。

レストランは木造だったため、跡形もなく焼け落ち、周囲のマンションや住宅、個人開業の医院も被害を被った。爆発後に起こった火災は昨日の明け方にやっと鎮火した。周囲には焦げた臭気とともにガソリン臭が漂う。マスクをしていても臭いが分かるほどだ。

レストランは焦土と化していた。焼け残った梁や柱の残骸から、いまだ黒煙が上がっている。風に乗って煤や灰が飛んで来た。道路にはガラスの破片や植木、生活用品の一部などが散らばっているが、現場検証のためにそのまま保全されていた。

「全員、助かってほしかったんやけど……」

重軽症者は九人。死者は一名。

被害者はレストランに居合わせたオーナーと従業員で、大規模な爆発にもかかわらず、近隣住民はすぐに逃げて無事だった。被害者の火傷の程度も様々で、中には皮膚移植が必要な者もいた。

鎮火直後、消防隊員による現場検証と掘り起こし作業に入ったが、現場から発見されたのは、亡骸といっても遺体の左腕が発見されただけで、遺体の捜索・回収は困難を極めた。せめて歯が残っていれば、デンタルチャートですぐに身元が割れたものを、と都倉は悔しさを隠せない。

あれだけの爆発炎上で犠牲者が一人だけというのも、都倉には「一名だけで良かった」と思えず、却って痛ましい。ネットでは早くも「犯人だけが死ねば良かったのに」などと、犯人を誹謗中傷する書き込みが広がっていた。

火災調査官である消防隊員が、都倉へ経過報告に来た。現場の見取り図を都倉らに見せながら、

「焼損の激しい場所は、厨房ではなく客席のフロアですわ。明らかにガソリンによる放火です」

放火した犯人は、すでに捕まっていた。

犯人の男は火をつけた直後にレストランから逃げ、現場付近を煤だらけの恰好で呆然と歩いているところを、中京署の警察官により確保されていた。手にはライターを持ったままだった。

中京署で犯人の事情聴取は進んでいた。レストランのオーナーに解雇されたのを逆

恨みした料理人で、レストランにオーナーと従業員が集まっていた昨晩、ガソリンを持って押し入った。「客席のフロアにガソリンを撒き、ライターで火を点けたところ、すぐに炎上したみたいですわ。その後で、爆発炎上したんやろね」

犠牲者の男性は、不幸なことに火元に一番近かったため、爆発に巻き込まれたものと推測された。オーナーや他の従業員らは火傷などの怪我を負ったものの、何とか裏口から逃げて無事だった。

「大阪で過去にあったガソリン放火事件やと、約二十秒で室温が五百度近くまで急上昇し、黒煙で視界がほぼゼロになったらしいでっせ。今回も同じ状況やったろうなぁ。よく逃げ出せたものや」

「――で、亡骸の左腕は……？」

火災調査官が指差すと、中京署の捜査員が大事そうにグレーシートの包みを抱えて現れた。都倉は眉を顰める。赤ちゃんよりも、小さいやないか――。

「今のところ、見つかっているのは左腕だけですわ。骨片すら出ません。これから検視ですか？　検視の後は司法解剖で？　発見したら、すぐに連絡しますよって」

火災調査官は「お疲れ様です」と都倉らに敬礼をすると、再び焼け跡に戻って行った。見送った火災調査官の作業服は煤だらけであった。木片やガラスの破片、釘などで危ない物が散乱する現場だ。そんな中での捜索は苦労が絶えないだろう。「そっちがお疲れさんやで」と都倉は一人呟く。

「――さて、中京署に向かうか」

都倉が声をかけると、いつもは威勢のいい同僚たちが神妙に頷いた。北條までもが無言である。

数台の捜査車両に分かれ、北條が運転席に座り、都倉が助手席に座った。車内は二人きりになった。

「この前……。今熊野の女子高生がバラされたヤマの時ですけど」

「おお、どしたん？」

「神楽岡大法医学講座の久住さんに、千夏と俺が幼なじみだと話してしまったんですよね……」

北條が少し暗かった理由が分かった。

「そんなん、気にせんでもよろしいやん。久住はんは、知っとったんやろ？」

「いえ……。千夏は、自分の出身地も話していない様子でした」

「ホンマ⁉　だいぶ秘密主義やんな！」

「自分が話したことで、千夏の仕事に支障が出たら嫌だなと思って……」

「大丈夫やって、久住はん、抜けてるとこあるけど、真面目やし口は堅そうやで。ウチも加賀谷先生とはプライベートの話せぇへんし、杞憂やで」

「そうだといいんですけどね……」

「北條は、意外と気にしいやんな。でかい図体の割に、繊細や」

「やめてくださいよ……」

「あ、そこの信号を右やで！」

都倉が急に叫んだものだから、北條は慌ててステアリングを右に切った。車体が大きく蛇行する。

壬生坊城町にある中京警察署までは車で十分程度の距離だが、交通渋滞で三十分もかかってしまった。梅雨の時季になると大きな行事もないので、観光客が減る。遅々として進まない車両の列にイラつきながらも、あと少しの辛抱や、と都倉は自分に言い聞かせる。

後院通に建つ中京警察署は、嵐電の四条大宮駅まで徒歩五分、JR二条駅までは徒歩十分ほどと交通の便に恵まれた立地だ。南に十分ほど歩けば壬生寺、北には二条城と観光地にも囲まれている。

中京署の建物をしげしげと見つめ、いつ来てもウエハースみたいな建物やな、と都倉は思う。

「中京署って『がんづき』みたいですね。誰の建築デザインでしょうか？　建ててから十年経ってます？」

到着して車から降りるなり、北條がそう言った。

「え？　なんやねん、それ？」

「ああ、そうか。東北地方の菓子だから、こっちでは売ってないのか」

北條いわく、岩手県か宮城県で食べられている黒糖が入った蒸しパンのようなものらしい。やっぱり皆、食べ物に喩（たと）えるんや、と都倉は少し笑ってしまうが、北條の目は笑っていない。視線の先は中京署の捜査員が抱えるグレーシートの小さい包みだった。

掘り起こしが進めば、また遺体の他の部分が発見されるかもしれない。都倉以外の検視官も何度かここへ出向くことになるだろう。

通用口から霊安室へ向かう。霊安室までの廊下は暗くて狭い。京都府警からは都倉と北條を合わせて六名。中京署からの立ち会いは数名と少なかった。係長が「すんません、管内で暴行事件が立て続けに起こってまして」と平謝りだった。

「今日の神楽岡大の執刀当番は、どなたですか？」

霊安室に着くなり、北條が尋ねてきた。

「柊教授やけど、加賀谷先生も補助で入るって」

「──そうですか」

「北條も行くやろ？　何や、行かへんの？」

「いえ、当然行きますよ！」

何か行きたくない理由でもあるのだろうか、久住に千夏との関係を話してしまったことを、まだ気に病んでいるのだろうか、と都倉は勘繰ったが今はそれどころではない。中京署の捜査員がグレーシートの包みを検視台に置いた。都倉は静かにその包みを開く。そして息を呑んだ――。

グレーシートの中から現れたのは、左前腕――左腕の関節から指先までだ。

薬指には変わったデザインの指輪がはめられていて、それが身元判明の決め手の一つになったようだ。都倉は抜こうと指輪に触れてみたが、指に焼きついていて抜くことは不可能だった。

「結婚指輪やろか……。もう、ホトケさんの身元は割れたんやろ？」

都倉が中京署の捜査員に訊くと、係長が慌てて書類をめくりだした。

「推定になりますが、松久保浩介、三十二歳。山科区居住の男性です。――ご遺族と婚約者が、捜査課の会議室でお待ちです」

婚約者。都倉の気が重くなった。

「ホトケさんの職業は？」

「調理師とのことです」

オープン予定のレストランで働く予定だったのだろうか？　結婚と新しい仕事の未

来が絶たれてしまった。残された婚約者を思うとやりきれない。

　松久保浩介の両親と婚約者、親戚数名も中京署まで詰めかけていた。松久保浩介の母親はすでに一人で立てない様子で、親戚らから両脇を抱えられていたという。マスコミが大きく報道したせいで、報道陣だけでなく野次馬も多数押し寄せていた。おそらく、神楽岡大まで尾いて来られるだろう。もしくは、別班がすでに待ち伏せているかもしれない。都倉は溜息をつく。遺族は報道陣から見えない場所に匿われているものの、このままでは取材攻撃に遭うのも時間の問題だ。

「特に、母親の取り乱しようは凄かったですわ……。気の毒です。一方で婚約者は落ち着いてはりましたね。時折ハンカチで涙を拭ってましたが」

　霊安室に人員を割けなかったのは、遺族とマスコミ対応も重なったからだという。

「ただでさえ人手が足らん日に、暴力事件なんか起こさんでほしいですわ」と係長はこぼす。

「そりゃ、ご苦労さんやったな……。さて、検視始めますか。書記はウチがやるからええわ。――それでは、黙禱」

　都倉は、松久保浩介のためだけでなく、残された遺族と婚約者へも祈りを捧げた。

「推定、松久保浩介、三十二歳。男性屍。左前腕のみ発見――」

　都倉は口述しながら自らクリップボードに所見を記載してゆく。

手首から手の甲、人差し指と薬指にかけては熱傷度合いが二度から三度と低い。その他は三度か四度で、断面も一部炭化している。

「焼損がまだらやな……。何でこうなったんやろ？」

「建造物や室内にあった物の下敷きになったのでは？」

「確かに……そうかもしれんな」

中京署での検視は一時間も要しなかった。犠牲者の身元はすぐに割れたが、この分だとDNA鑑定が必要だろう。血液が採取できなければ、筋肉や骨髄をもらうしかない、と都倉は再び松久保浩介の左腕を見つめた。

3

午後一時ちょうど、都倉は北條や検視官補佐と共に神楽岡大学の法医解剖室を訪れた。中京署の遺体搬送車はまだ到着しておらず、都倉が怒りながら係長にスマートフォンで連絡すると、案の定、渋滞に巻き込まれていた、「渋滞を見越して、早よ出んかい！」と叱り、通話を切った。

都倉が法医解剖室のドアノブに手をかけた時、ドアノブの陰から大きなムカデが這い出して来た。都倉は反射的に悲鳴をあげる。北條は「デカっ！」と声をあげる。少し嬉しそうなのは気のせいだろうか？　都倉が持っていた手袋で追い払うと、ムカデは地面に落下して草むらの中へ消えた。

都倉や北條が臨場する場所は、清潔な場所とは限らない。害虫と遭遇することなんぞしょっちゅうだ。おかげで都倉は随分と害虫の類には慣れた。

北條は元々平気だったようで「ど田舎で育った人間は、どんな動植物も友達なんです」と自虐的に笑っていた。

「気色悪ぅ！　久々に大きいのを見たわ」

「ここはムカデの巣窟らしいですよ。久住さんが言ってました」

「刺されんよう、気をつけんと。虫除けスプレー常備せな。でも、ムカデはゴキブリを餌にしてるし、ここのゴキブリは一掃されそうやな。解剖室なんか、ゴキブリの方がいそうやんか」

都倉はそう言いながら、法医解剖室のドアを開けた。

柊教授と千夏が白衣姿で解剖台の脇に立ち、警察の到着を待っていた。久住は書記台に座っており、どうやら今日は書記を務めるらしい。「部分遺体の解剖経験が少ないから」と、自ら書記に立候補したのだという。

「何やら悲鳴が聞こえましたが、大丈夫ですか？」

にこやかに尋ねてきたのは柊教授だ。都倉は恐縮する。

「お騒がせして、すみません。大したことやないんです」

「もしかして、ムカデ？」

「ええ……」

「大繁殖して、困っているんですよ。この解剖室も古いからね。大学側に建て替えを要請しているんだが。なかなか難しくてね。加賀谷先生が教授になった時にでも頑張ってもらうかな。ね、加賀谷先生」

千夏は返答に困ったのか「はぁ……」と答え、少し口元を歪めた。どうやら愛想笑いのようだ。北條はそんな千夏にまるで他人行儀で、もうちょっと愛想良うしてもえぇのに、と都倉は不満に思う。

「中京署の到着が遅れております。申し訳ございません」

都倉が頭を下げると、柊は片手を振って笑った。

「いや、大丈夫。我々もまだ着替えてなかったからね。さて加賀谷先生、そろそろ着替えようか」

柊と千夏が解剖室へ消えた直後、中京署の一団がやっと到着した。解剖室に恐る恐る入って来た捜査員らを都倉が「遅い！」と一喝すると、縮み上がってしまった。それを見た久住が「すごいですね！」と無邪気に喜んでいる。

中京署の係長が、解剖台に松久保浩介の左腕を置いた。久住が書記台を離れ、解剖台へ近づく。

「左腕だけになってしまって……。お気の毒です」

「ホンマにな。でも、腕が見つかっただけでも、良かったんかなって。——ほれ、写真撮影始めたって！　教授と加賀谷先生が来てまうで」

都倉が中京署の鑑識を再び一喝する。鑑識は遠慮がちに左腕の写真撮影を始めた。撮影が終わると同時に、柊教授と千夏が着替えを終えて戻って来た。左腕の解剖といえども、完全防護が必要なのだ。

午後一時半。柊教授による司法解剖が始まった。柊は最初、腕の外表を観察する。

「推定、松久保浩介、三十二歳の男性屍だね。都倉さんの検視報告書は——。『手首から手の甲、人差し指と薬指にかけては第二、第三度熱傷。その他は第三度か第四度で、断面が一部炭化』。なるほど、まったくそのとおりだね。私が言うこと、なくなっちゃったな」

「いや、そんなことはないです」

都倉は謙遜したが、柊に褒められ少し浮わついてしまった。それを周囲に悟られないよう、すぐに表情を引き締める。北條は柊に近づき、

「この腕の長さから、身長を割り出せますか？」

「無理でしょうね。ご覧の通り、肘関節部分は焼損しているので、正確な骨の長さが出せない」

「なるほど」

北條は頷き、再び壁際に戻る。柊は左腕の左薬指の指輪に注目し、

「結婚指輪が焼きついてしまっているね。――可哀想に」

「婚約指輪だそうで……。秋には結婚式を控えてたみたいですわ。中京署で婚約者がお待ちです」

都倉がそう言うと、柊は「そうか……」と溜息をついた。柊は三年前に妻の月美を亡くしている。自分に重なることがあるのだろうか。

「加賀谷先生、この火傷の痕は――」

柊の指摘に千夏は無言で頷いた。どうやら二人は、何かに気づいたようだ。

「火傷の痕がまだらですが、その理由が分からんかったんです。まあ、色んなもんの下敷きになったんやないかと思ったんですが……」

「良い着眼点です。この火傷の痕跡には、意味があると思います。この後、加賀谷先生が腕の皮膚と筋肉を剥離して、骨まで出しますから。加賀谷先生、お願いします」

「分かりました」

千夏はすぐに、メスと有鉤ピンセットを持つ。柊は、千夏が切開しやすいように左腕を押さえる。都倉が替わりを申し出たが「都倉さんに怪我させる訳にはいかないから」と柊に断られてしまった。

千夏は器用に腕の皮膚を筋肉から剥離してゆく。剥離した皮膚を鉗子で広げ、写真撮影をする。皮下の脂肪組織には出血がないようだ。続いて千夏は、筋肉を骨から剥離してゆく。筋肉は高温暴露により濁ったピンク色をしていたが、出血はなかった。千夏は骨膜剥離子で橈骨と尺骨を綺麗に露出させ、写真撮影をする。骨折はなかった。

千夏は同様に手指の骨を露出させた時、何かを発見した。

「どないしたん？　加賀谷先生」

「親指の付け根付近が変形しています」

千夏が指差した部分を覗き込むと、確かに突出していた。北條と久住も千夏の手元を覗き込む。鑑識係は変形した部分の写真撮影を終えた。

「拇指ＣＭ関節症です。この方はおそらく、左利きでしょう」

嬉しそうに頷いているのは、柊だけだった。都倉はまったく聞いたことがない。捜査員らも初耳だったようで、首を傾げている。

「それは、どんな病気ですか？」

「親指の付け根にある関節の軟骨がすり減って起こる疾患です。この方は中華の料理人でしょうか？　手指を多く使い、重い鍋やフライパンを頻繁に持つ料理人に多いんです」

松久保浩介の職業は、まさしく中華の料理人だ。

これまでの捜査状況や遺体に関する情報はすべて、今回執刀の柊に渡していた。千夏にどこまで話していたのか疑問だったが、柊の驚く様子からして全部は話していないそうだ。さすが、と都倉は舌を巻いた。

「加賀谷先生、グッジョブだね！」

柊はよほど嬉しかったのか、千夏に向かって右手の親指を突き立てる。千夏は「ありがとうございます」と冷静に一礼した。

「都倉さんのご指摘どおり、手首から手の甲、人差し指と薬指にかけて熱傷が弱いのは、サポーターをしていたからではないでしょうか」

確かに、衣服とは違う繊維が腕に付着している。サポーターは爆発炎上で焼失したのだろう。

「婚約指輪もはめているし、ＤＮＡ鑑定をしなくてもいいんじゃない？　なんてね。そうはいかないか。加賀谷先生、お見事！」

柊は上機嫌だ。その様子をみて、都倉も嬉しくなった。こころなしか、北條や久住も嬉しそうだ。

「一応、ＤＮＡ鑑定をしますので、何か検査可能な試料をいただけますか？」

都倉が柊と千夏に願い出ると、

「橈骨動脈や尺骨動脈に、血液は残っていないかな？」

と、柊がメスで筋肉を剝離し、橈骨動脈と尺骨動脈を露出させた。

「加賀谷先生、どっちでもいいから血液採取をお願いします。ウチでも一応、薬毒物検査が必要だから。ウチの分も採取してください」

「分かりました」

千夏は検査台から注射筒を持って来ると、最初に橈骨動脈に注射針を刺した。注射筒内には少量の血液が吸い上げられた。ＤＮＡ鑑定に必要な血液量は、わずか一ミリリットルなので十分に足りそうだ。中京署の捜査員が、署から持ち込んだプラスチックチューブを差し出す。千夏はそれに注射筒から血液を分注してやった。都倉はその血液量を確認し、

「一ミリリットルほどありますわ。これでオッケーです！」

中京署の捜査員は、採取した血液を大事そうに保冷バッグへ入れた。

千夏は続けて尺骨動脈に注射針を刺す。二ミリリットルしか採取できなかったが、柊は「薬毒物の検査はできる量だ」と満足そうだ。

「ＣＯの検査はしますか？」

久住が柊に尋ねると、柊は頷いた。

「一応、やっておこうか」

「はい！」

久住は書記台から離れ、千夏が採取した血液のチューブから、プラスチックのキュベットに血液を分注している。使用する血液量は五十マイクロリットルですむはずだ。

「血中の一酸化炭素濃度の検査ですか？」

「はい。すぐに結果が出ます！」

久住はキュベットをＣＯオキシメータに差し込む。久住の言うとおり、ものの数分で結果が出た。結果はレシートのように印刷できるので、久住はそれを切り取り柊に見せた。

「柊教授、ＣＯの結果です」

「二十五パーセントか……。低いな」

「火災現場から逃げて助かった、七名の証言ですと――」

中京署の係長いわく、犯人がフロアにガソリンを撒き、直後にライターで火をつけて退路を塞いだという。犯人はレストランの玄関からすぐに逃げた。裏口近くにいた三名はフロアからの悲鳴を聞いて厨房から様子を窺い、火が放たれる前に外へ逃げ出せた。残りの六名は、燃え盛る火の中を逃げ惑い、レストランの玄関と裏口に分かれて逃げた。不運にも松久保浩介は、犯人に一番近い場所にいたため、ガソリンを浴びて炎上に巻き込まれ、その後に爆発が起こったのではないかとのことだった。

被害者らはお互い助け合いながら隣接する公園に逃げ、九名が揃ったところで爆発が起こった。炎や破片を浴び、それらで怪我する者もいた。九名は寄り添いながら、燃え盛るレストランを、ただ呆然と眺めることしかできなかった。

混乱の中、松久保浩介だけがいないことに気づいたのは、消防車や救急車が到着した頃だった。彼を助けようと、燃え盛る炎に飛び込もうとした者もいたが、結局、どうすることもできず絶望に打ちひしがれた。

こうして、松久保浩介だけが亡くなった。

「火炎の中で、少しは呼吸したんだろうけど――」

「それやと、松久保浩介は――」

「ほぼ即死の可能性があるかな。ただ、左腕だけでは、はっきりとは言えないね」

柊は、松久保浩介の死因を「焼死」とした。

「九名の方は入院中ですか？」

柊が中京署の係長に尋ねると、係長は黒板の脇に置いていたファイルに手をやり、

「九名の内、三人は無傷でしたわ。その三名の内、二名が精神的ショックで入院中です。四名は軽症で、通院加療で終わっております。後の二名は皮膚移植が必要な火傷

を負っていて、話を訊くことはできんかったです」

「気道熱傷の可能性もあるから、気をつけないとね」

「はあ……」

中京署の係長は、今ひとつピンときていないようだ。

「気道熱傷は高温の煙や有毒ガス、水蒸気を吸うことによって生じる障害だよ。時間が経過するにつれて悪化するから、初期の受診では気をつけなければならない。軽症の人たちも、今後のケアが必要だね」

「なるほど……」

中京署の係長はやっと理解したようだ。

その時、解剖室の電話が鳴った。「はいはい」と久住が電話に駆け寄り、受話器を取る。

「もしもし、法医解剖室、久住です」

会話相手は誰なのか分からないが、久住の表情が段々と曇る。保留にし、解剖台まで戻って来た。

「柊教授。病院部の受付からなんですが、松久保浩介さんの婚約者、与島実禾さんという方が『遺体に会わせてほしい』と、お見えになっているそうで……」

待ちきれず、中京署からここまで押しかけて来たようだ。都倉は中京署の捜査員に

「遺族対応どないなっとんねん。遺族には、誰もついていなかったんか！」と叱る。

司法解剖は警察の捜査の一環であるため、いくら遺族といえども、警察が解剖の内容を簡単に話すことはできない。それに、警察が司法解剖を担当する大学を明かすことはしない。しかし今回はマスコミが「司法解剖は神楽岡大の医学部で」と盛大に公表してしまったため、駆けつけて来たのだろう。そもそも、京都府内で司法解剖を担当する機関は神楽岡大と、鴨川を挟んで向こう側の京都市立大学医学部の法医学教室の二カ所しかないので、特定されるのは時間の問題だった。

「いいわ……。ウチが行くさかい。久住はん、病院部の受付には警察が迎えに行く、言うてくれませんか？　――ご迷惑をおかけしました。柊教授、加賀谷先生」

「分かりました！」

久住は再び電話に戻った。

本来なら中京署の捜査員に任せるべきだが、あいにく今日は男性しかいない。婚約者は女性だから、自分が対応するのがいいだろう。都倉は手袋を脱ぎ捨てて、法医解剖室を出た。

法医解剖室のある医学部四号棟一階から病院部までは少し距離がある。近衛通(このえどおり)を横切り、病院部の敷地内に入ると、都倉に視線が集中した。背中に「京都府警」という作業着を着ているから当然だろう。都倉は臆(おく)せず病院部の玄関を目指す。

中京署から、与島実禾は松久保浩介と同い年と聞いていた。玄関に到着すると都倉はそれらしき女性を探す。ロビーにいるかもしれないと、都倉が病院の中に入ろうとした時だ。

与島実禾らしき女性は待ちきれなかったのか、病院部の玄関先まで出て来ていた。作業着姿の都倉に気づくと、ふらつく足取りで近づいて来た。

「刑事さん！　中京署の刑事さんですよね⁉」

与島実禾が都倉の眼前で前のめりに倒れそうになったので、都倉は両肩を摑んで立たせてやった。

「お願いします！　浩ちゃんに会わせてください。浩ちゃん……！」

「申し訳ないんやけど、松久保浩介さんとのご対面は、中京署でしかできんのですよ……。もうすぐ司法解剖が終わりますよって、中京署までお送りしますわ」

法医解剖室へ連れて帰るわけにはいかない。都倉が検視官補佐か北條に電話をしようとスマートフォンを取り出したところで、与島実禾はその場で泣き崩れてしまった。

「浩ちゃん！　浩ちゃんに会いたいよぉ。浩ちゃん……！」

「与島さん、大丈夫ですか⁉」

都倉は病院から出て来る患者らの目を気にしながら、何とか近くのベンチまで連れて行く。このまま一人にはできないと、与島実禾の隣に座った。彼女の嗚咽は止まらず、都倉はどう声をかけていいのか困ってしまった。どんな慰めも、今の与島実禾の耳には入らないだろう。

　与島実禾が泣き崩れてから十分ぐらい経った頃だろうか。彼女は都倉にぽつりぽつりと語りはじめた。

「浩ちゃんは以前、京都駅隣のホテル・アルカディアのレストランに勤めていたんです……。浩ちゃんの先輩が独立して、御所南の竹屋町通にレストランをオープンさせることになって、おとついの夜、浩ちゃんはお店の手伝いに行ったんです……」

「調理師と伺ってますが……」

「中華の料理人です」

「もしかして松久保さんは、左利き？」

　与島実禾は無言で頷いた。

「サポーターとか、つけていました？」

「はい。一時期、拇指CM関節症が悪化して…。厨房に入る時は、婚約指輪もサポーターも全部はずすんですけど。食中毒の原因になっちゃいけないからって……」

「おとといは、どっちもつけとったんですか？」

「浩ちゃんからは、食器の運搬や家具のセッティングの手伝いと聞いてましたので、サポーターも婚約指輪もつけていたんやないでしょうか」

与島実禾の左薬指には、松久保浩介とお揃いの指輪が光っていた。ＤＮＡ鑑定の必要はなさそうやけどな、と都倉は溜息をつく。それにしても、と都倉は千夏の観察眼に感服した。今のところ、全部正解やんか――。

「浩ちゃんは背が高くて、身長は百九十センチメートル近くあったんです。手足がすごく長くて、バレー部では活躍していたんです……」

と、与島実禾は遠い目をした。その目からは涙が止まらない。

「学生時代からのお付き合いやったんですか？」

「ええ。高校二年生の時、同じクラスになったのがきっかけです。彼がバレー部で私がマネージャーやったんで、それまでは友人どまりで……。彼は三年の時に、バレー部の主将にまでなったんですよ」

高校二年生の秋から付き合いはじめ、お互いの仕事が軌道に乗ったため、今年に入ってから結婚を決めたという。都倉は何だか、北條と千夏の関係に似ているなと感じた。

与島実禾はハンドバッグをゴソゴソと漁り、自分のスマートフォンを取り出した。

「浩ちゃんです……」

と、松久保浩介の写真を数枚、都倉へ見せる。左京区の広河原スキー場に行った時に撮影したという。ゲレンデで撮影したと思われるその写真は、二人ともスキーウェア姿で、松久保浩介が与島実禾を後ろから抱きしめ、微笑んでいる。

とても幸せそうだ。

「どえらい、イケメンやん」

都倉がそう言うと、与島実禾は嬉しそうに少し笑った。ここへ来て初めての笑顔だったが、すぐに哀しげな表情に戻る。

「今年の秋、結婚式を挙げる予定でした……」

与島実禾は婚約指輪を撫でながら、そう言った。

「昨晩がレストランのオープン記念パーティーの予定で、私も浩ちゃんと一緒に招待されていました。――一昨日じゃなく、昨日の夜に放火してくれれば、浩ちゃんと一緒に逝けたのに……！」

与島実禾は唇を嚙む。都倉は「そんな、哀しいこと、言わんといてよ……」と、言ったまま黙ってしまった。

「でも……腕だけになっても、私のもとへ帰って来てくれた……！　お帰りなさい、と言いたいです」

と、与島実禾は再び嗚咽する。

「時間を戻してほしい！　できることならもう一度、あの長い腕にしがみつきたい」

与島実禾は両手で顔を覆ってしまった。都倉はハンカチを差し出そうとポケットに手をやるが、車に置いて来たことに気づき「アホやな、自分」と、顔を顰める。

その時だ。与島実禾の眼前に、ティッシュの箱を差し出す者がいる。

白衣姿の千夏だった。

都倉は驚き、弾かれたように顔を上げる。千夏は都倉の後を追って来ていたのだ。ハンカチだと遠慮させるからという千夏の配慮だろう。ティッシュはわざわざ女性用更衣室から持って来たようだ。箱に「法医解剖室・女性更衣室」と、油性ペンで書いてある。

「加賀谷先生……。わざわざ、すみません」

都倉は立ち上がり礼をした後で、与島実禾に千夏を紹介した。

「法医学の先生ですか……？　す、すみません」

と、与島実禾は恐縮しながらティッシュを数枚取り、涙を拭いて鼻をかんだ。

千夏はティッシュの箱を持ったまま無言で立ち尽くす。暫しの沈黙の後、千夏が口を開いた。

「本来ですと、法医学関係者はご遺族と直接お話しできません。守秘義務があるので、司法解剖の結果は、警察の方からお聞きください」

と、前置きした後で「松久保浩介さんは、左利きですか？」と与島実禾に訊いた。

さっきの都倉と同じ質問だ。与島実禾は何度も頷く。

「拇指ＣＭ関節症を患っていた松久保浩介さんのサポーターは、特注品かもしれません」

「えっ⁉　それはどうして……？」

与島実禾が驚いている。どうやら、知らなかったようだ。千夏は続けて、

「通常のサポーターは親指を守るだけのものですが、松久保さんがお持ちのサポーターは薬指も守っていたんじゃないでしょうか」

「そうです……。それが普通のサポーターだと思ってましたが、違ったんですね……」

千夏は力強く頷き、

「それはおそらく、大事な婚約指輪を守るために特注したのだと思います」

「左腕から、そこまでお分かりになったんですか……」

千夏は少し迷った様子を見せた後で、

「私は法医学者で、死後の世界があるかどうかは分かりません」

と、言いだした。千夏が死後の世界のことを語るなんて珍しい。

「彼の腕はあなたを抱きしめるために、激しい爆発に遭いながら戻って来たのではないでしょうか。科学的なことを超越する非科学的な奇跡があってもいいと思います」

それだけを言うと、千夏は与島実禾に一礼をし、すぐに解剖室へ戻って行った。彼

女なりの慰めだったのだろう。千夏の意外な顔を垣間見てしまった。

与島実禾はベンチから立ち上がり、去って行く千夏に向かって深々とお辞儀をした。千夏の言葉が救いになったようだ。北條は何も言わないが、千夏が何か重い過去を背負っていることを薄々都倉は気づいていた。千夏自身が救われることはできたのだろうか。

そんなことを思いながら都倉は、小さくなってゆく千夏の背中を見送った。

4

あの日以来、死ぬことばかりを考えてきた。

与島実禾はベッドの上で、首しか動かすことができないほど弱っていた。乾燥してほそくなった自分の手足が、まるで老人のようだ。生きながら死んでいるのと同じだから、老人の方がまだマシだ。

三階の病室から見える釜座通の街路樹は土砂降りの雨に打たれ、しおれているように見えた。まるで今の自分だ。

　七月一日の今日から十八日までは、祇園祭の幕開けを告げる吉符入りだ。祇園祭が終わる七月三十一日まで、鉾町は賑やかになるだろう。実禾も浩介と毎年出かけていた。各山鉾には御朱印があり、二人で集めていたのだが、今年で全部集まるはずだった。

「あと、二個だったんやけど……。私一人で、あの人混みを歩くのは無理やで、浩ちゃん。浩ちゃんの腕にしがみつかんと――」

　浩介を喪った放火事件から約一ヵ月が過ぎようとしていたが、実禾の傷は癒えるどころか、抉られるようにひどくなった。結局、左腕以外の浩介の痕跡は発見されなかったのだ。

　事件直後は「左腕だけでも戻って来てくれた」と安堵した。全然見つからないよりはマシだと思っていた。しかし、納骨が終わった直後から喪失感にとり憑かれ、

「どうして浩ちゃんだけが、こんな目に遭わなければならないのか」

「そもそもの発端は、浩ちゃんの先輩が逆恨みされたことなんだから、先輩が死ねば良かったのに」

「放火犯を殺してやりたい。殺した後で死にたい」

「浩ちゃんに会いたい」

　そんな思いが消えるどころが強くなり、浩介と同棲していた北山のマンションを引

き払うことなく住み続け、浩介の私物に埋もれたまま暮らしていた。色違いのコーヒーカップ、浩介がお気に入りだったクッション、写真――。どれも絶対に捨てられない。

食事もまったく喉を通らず、特に中華が食べられなくなった。その内、一人では歩けなくなり、部屋で倒れているところを訪ねて来た両親に発見された。救急搬送され、そのまま入院となってしまった。ついさっきまで検査が続き、病室のベッドに落ち着いたところだ。両親は入院に必要な物を取りに、一旦山科へ戻った。

四人部屋の室内はどんよりと暗く、それぞれのベッドがカーテンで仕切られているので、どんな人たちが同室なのかまったく分からない。背後からテレビの音漏れが聞こえて来る。

何の点滴か分からないが、そのおかげで歩けるようにまで回復したので、一人でトイレに行ってみたが、病室との往復だけで体力を奪われてしまった。太ももがガクガクと震える。またすぐにベッドに横になり、釜座通の街路樹を見つめる。土砂降りはざあざあといまだ続いている。

そういえば、ここから北に歩けば、すぐ京都府警察本部に行き当たる。神楽岡大病院で親切にしてもらった、すらっと背の高い女の刑事さんも、あそこにいるのだろうか？　背中に京都府警と書いてあったから、そうにちがいない。とても刑事には見えなかった。お名前は、都倉さん、やったかな。

その後で来た、法医の先生も美人だった。肌の色が透けるように白くて、日本人形かと思った。二人とも手に職をつけてて偉いな。それに比べて私は――と重い溜息をついた。実禾は、事件直後から休職していた仕事にいまだ復帰できていない。

今は何時だろう？　倒れる直前は午後一時ぐらいだったはずだ。五分しか経過していないようにも感じるし、半日以上経ったようにも思える。時間の感覚がマヒしていて分からない。

その時、閉じていたカーテンが開き、ベテランの看護師が顔を覗かせた。

「与島さん、ご気分は？」

「う……あ……」

呂律が回らず、うまく話せない。看護師は、実禾にそれ以上喋らせようとはせず、

「大丈夫ですよ。検温の時間ですので、これを脇の間に入れて下さいね」

看護師はデジタル体温計を取り出すと、実禾の入院着の胸元から脇に体温計を入れた。

「ピッと鳴ったら検温終わりです。その頃、また来ますね」

看護師はカーテンを開けたまま、隣のベッドへ移って行った。「検温の時間です」という同じ文言が聞こえる。

実禾が目を閉じようとした時、微かに病室のドアが開く音がした。看護師が出て行ったのだろうと、実禾は静かに目を瞑る。瞼が重く、二度と開けられない気がした。

少し引き摺るような遠慮がちな足音は、実禾のベッドの前で止まった。

「――実禾さん……？」

名を呼ばれた実禾は、どうかすると閉じそうになる瞼を無理やりこじ開けた。

カーテンの隙間から顔を覗かせたのは、浩介の母、沙弓だった。沙弓は実禾の傍らまで来ると、心配そうに顔を覗き込むが、その両腕には、たくさんの紙袋とレジ袋が提げられていた。こんな土砂降りの日に良く買い物できたものだ。中身は全部が食べ物のようだ。

「実禾さん……。具合はどないや……？」

実禾の顔を覗き込んで微笑む沙弓は、今日も派手な服装だ。スパンコールで彩られたヒョウ柄のブラウスに、シルバーのスキニーパンツ。極めつけは、日光が出ていないのにサングラスをかけている。相変わらずの沙弓に、実禾は安堵した。

沙弓と会うのは浩介の納骨以来だ。沙弓からは何度か電話かメールがあったが、それに一度も応えることはなく、実禾から連絡することもなかった。

松久保家の親戚と一緒に、中京署で浩介の帰りを待っていたのが、遠い日の出来事のようだ。

あの日、浩介は先輩のレストランに行ったきり、連絡がなかった。「地図を送ると言っていたのに」と、実禾は何度もスマートフォンの画面を確認して不貞腐れていた。沙弓から実禾に連絡があったのは、日付が変わろうかという頃だった。沙弓の声音から、何か深刻な事態が起きたことは明白だった。

「実禾さん？　落ち着いて聞いてや……」

そう言う沙弓が冷静さを失っていた。

「今、警察から連絡があって……。ううっ……。浩介が……」

「浩ちゃんに、何かあったんですか!?」

「オープン予定やったレストランの爆発火災に巻き込まれて、行方不明やって……」

「な……」

そういえば午後八時過ぎ、消防車がやけにうるさかった。テレビもネットも見ていなかった実禾は、慌ててネット検索をし、初めて放火事件のことを知った。

「嘘……」

ネットに出てきた写真は、燃え盛るレストランだった。

これが、あのオープン予定だったレストラン……？　この中に、浩ちゃんがいたの？

実禾は目の前が真っ暗になった。一睡もできないまま、朝を迎えた。

次の日の午前、実禾は沙弓らと中京署で待ち合わせた。

実禾が中京署の玄関ロビーで待っていると、松久保家の集団が到着した。すでに沙弓は一人で歩けなくなっており、息子や親戚から支えられながら何とか歩いていた。自宅で倒れかけたという。

実禾は迷わず駆け寄った。

「お義母さん……！」

「ああ、実禾さん……。どうしよう、こんなことになってしもて……。浩介が……」

沙弓は実禾に取り縋った。実禾は力強く抱き締める。

「情報が錯綜しているんやて。警察の人が、被害者の人らが運ばれた病院に行って、一人一人身元の確認をしてるらしいわ。その中に、浩ちゃんがいるかもしれへんよ」

「せやな……。浩介は無事かもしれへん。一緒に待とうなぁ」

中京署の職員が、総勢十名ほどの浩介の関係者を捜査課の会議室へ案内してくれた。

実禾は沙弓を支えながら、最後尾を歩く。

会議室で捜査員の一人から知らされたのは浩介の無事ではなく、無残な最期だった。

「松久保浩介さんと思われる、左腕が見つかりました」

「うわぁあああああ！」

突然の悲鳴に、実禾はパイプ椅子から飛び上がりそうになった。悲鳴の主は隣に座っていた沙弓だった。実禾は、沙弓が取り乱すのを初めて目の当たりにした。ショックだった。いつも潑溂としていた沙弓が、今はテーブルに突っ伏して号泣している。沙弓の湯呑み茶碗が茶托から倒れ、テーブルに緑茶がぶちまけられた。慌てた様子の中京署員ら数名が、布巾を持って来て拭き始めた。実禾は沙弓の背中をさすることしかできない。

沙弓の取り乱し様を目の当たりにし、実禾は自分でも驚くほど冷静だった。沙弓以上に取り乱すかと思った。心のどこかで、浩ちゃんの死を疑っているのだ。浩ちゃんの左腕に会うまでは信じられない――。

「松久保浩介さんは、ただいま、司法解剖中です。解剖からお帰りになるまで、ここでお待ちください」

「解剖――」

松久保家の親戚一同は息を呑んだ。身元確認が必要なためだ、との説明は誰の耳にもはいっていないようだった。

浩ちゃんは今頃一人で、冷たい解剖台の上にいるのだろうか。

ている。

捜査員が会議室から出て行くと、途端に重い空気が室内を覆った。顔を覆って泣く者、腕組みをして黙る者、絶望の様子は人それぞれだ。沙弓は相変わらず隣で号泣している。

もしかしたら、これは悪い夢で、浩ちゃんから着信が入っているかもしれない。実禾はハンドバッグからスマートフォンを取り出した。画面には何も表示されていない。ネットで放火事件を検索すると「松久保浩介さんの遺体の一部は、神楽岡大学医学部で司法解剖に附されることになり――」と書いてあった。

神楽岡大学医学部――。実禾は受診したことはないが、親戚の見舞いには行ったことがある。

ここに行けば、浩ちゃんがいる。

実禾は迷うことなく立ち上がった。

「実禾さん……、どこ行かはるの？」

「ちょっとお手洗いに」

実禾は沙弓に微笑むと、会議室を後にして、そのまま中京署を飛び出した。

中京署に戻った実禾を、沙弓は何も言わず抱き締めてくれた。

「お義母さん……。そこ……、座ってください」

実禾は震える手で、丸椅子を指差した。

「おおきに。――ああ、しんど。よっこいしょっと」

沙弓は大きな溜息をつき、ベッド脇の丸椅子に腰かけた。

「随分と……買うて来はったんですね……」

「やっぱり、山科からこっちゃまで出て来ると、色々と買うてしまうのよ。――全部、浩介と一緒に行ったお店や」

浩介は甘い物が苦手だったが「料理人は、他の店の味をぎょうさん知っておかないとあかん」と沙弓に言いくるめられ、京都中のスイーツ店を連れ回された。その挙句、荷物持ちまでさせられ、疲れ果てて帰って来た浩介の愚痴を聞くのが、実禾の常になっていた。

「実禾さんも阿闍梨餅、食べへん？　ああ、若い人は洋菓子のほうがええかな？　ラデュレのマカロニはどや？　ウチ、めっちゃ好きやねん、マカロニ。色とりどりで、可愛いやんか」

「――お義母さん。マカロニやのうて、マカロンやないの？」

沙弓のおかげで、実禾の声に力が入る。

「ああ、せやった。マカロンやマカロン。堪忍したって」

わざとなのか本当にそう思っていたのか、分からない。実禾は少し笑った。ここ一ヵ月で初めて笑った気がして、自分でも驚いた。沙弓が来てから、どんよりとした室内に光が射したようだった。

実禾が脇に挟んでいた体温計がピッと鳴る。

「あっ……。体温計かな？　看護師さん、すみません」

沙弓がカーテンの向こう側へ声をかけると、向かいのベッドにいた看護師がカーテンを開け、静かに入って来た。沙弓が実禾の脇から体温計を抜き、看護師に渡した。

「三十七度……。微熱ですね」

看護師は、沙弓の紙袋やレジ袋にさりげなく視線をやる。

「お見舞いの方は、ここで飲食禁止ですからね」

そう言いながら微笑み、カーテンを閉め部屋を出て行った。窓の外は相変わらず暗いものの、小雨になっていた。

「――お義母さん……。どうして、ここが分かったんですか……？」

「実禾さんどうしてるかなって。ちょうど三条寺町で買い物しとったから、お茶でもと思ってスマホに電話したんやけど、全然出ぇへんから。ほんで実家に電話したら、実禾さんのお母さんが出はってな。何や、実禾さんが入院したっちゅうから、慌てて駆けつけたんや。お母さんも、もうすぐ来はるって。——実禾さん……」

沙弓は笑顔かと思ったら、急にサングラスを外して泣きだした。

「こんなに細うなって、可哀想に……。今まで、しんどかったやろなぁ。浩介もアホやわ、べっぴんの婚約者残して……」

入院着の上から、実禾の右腕をさする。

「ご飯、食べてないんやろ？　食べたくないんか？」

実禾は力なく頷いた。

「食べなアカンよ。もっとガリガリになってまう」

「浩ちゃんと一緒やないと、食べたくない……」

食べる時は、浩介といつも一緒だった。京都市内の美味しいと評判の店は殆ど回った。もう一人では店に入れない。

「そんなこと、言うたらアカン！」

沙弓の顔は涙でぐしょぐしょだった。

「ウチは、アンタまで失いたくないんよ」

「……」

「アンタまでいなくなったりしたら、ウチはどないしたらええんや？　せっかくできた娘やのに……。それに、アンタのご両親を、また悲しませることになるんやで…

…」

「お義母さん……」

　実禾が沙弓の手に触れようとした時、カーテンの向こう側から遠慮がちな声がした。

「与島実禾さん、入りますよ？」

「失礼します」とカーテンを開けたのは、白衣に身を包んだ女性医師だ。実禾よりも少し年上だろうか。肩までの黒髪は清潔感がある。患者を不安にさせないためか、穏やかな笑みを浮かべている。

「与島さんの検査結果をお伝えしようと思いまして。ここでは話が筒抜けですし、処置室へご移動願えます？　ここからすぐですが、与島さん、歩けますか？」

　医師はちらりと沙弓を見る。

「お母様ですか？」

「あ、いえ、ウチは……」

　沙弓は椅子から腰を浮かせたが、実禾は沙弓のふくよかな二の腕を摑(つか)んだ。

「お義母(かあ)さん……。私を処置室まで連れてって……」

「わ、分かったわ！　車椅子いるか？」

「うん。歩ける……」

　実禾は沙弓と医師に抱き起された。沙弓は実禾の背中をさすり「こんなに薄なって、可哀想に」とまた泣いた。

実禾は沙弓に支えられながら、ナースステーション横の処置室まで歩いた。途中、ふらついてしまい、沙弓の腕にしがみついた。何だか、懐かしい温かさだった。

実禾と沙弓は処置室に通された。消毒薬の臭いに吐き気がこみ上げ、口元を片手で押さえる。「大丈夫か？」と沙弓が実禾の背中をさする。実禾はふらふらと医師の向かい側に座った。実禾の背後に立った沙弓はソワソワしはじめる。

「実禾さんのテレパシーもあるやろし。一旦、外に出よか？」

実禾は、重病を言い渡されるかもしれないと思うと不安で仕方がない。こんな時は、沙弓に傍にいてほしい。実禾は再び沙弓の腕を摑んだ。

「――お義母さん、ここにいてください……。それに……テレパシーやのうて、プライバシーです……」

「ああ、せやった。――でも、実禾さんのご両親を差し置いて、ウチがここにいてえのん？」

小声で尋ねる沙弓に、実禾は強く頷いた。「ふふっ」と、医師が笑う。

「与島さん、お義母様のご冗談に突っ込める元気が出たんやないですか？」

医師は手に持っていたエコー写真を二人に見えるよう、掲げる。

「おめでとうございます、与島さん。妊娠二ヵ月、六週ですね」

「え……？」

まさか、私が？

実禾は絶句しながらも、両手で下腹部を押さえる。何だかほんのり温かい気がした。

医師の名札をよく見ると、所属の欄に「産婦人科」と書かれていた。

「はえっ⁉」

大声で驚いたのは沙弓だった。慌てて両手で口を塞ぎ「こんな大きな声出しよったら、怒られるわ」と、周囲の様子を窺いながら、首を竦める。

「食欲がなかったんも、妊娠のせいちゃいますか？　ちゃんと食べなアカンですよ。お義母様からも言うたってください。——与島さん、そのご様子ですと、妊娠にお気づきではなかった？　生理が止まった時に、妊娠だと思わなかったんですか？」

「はい……。かなり不順やったので、またいつものことかと。仕事のストレスなんかで、すぐに止まるんです。一時期、婦人科に通っていました」

「なるほど……。それなら気づかんでも仕方ないか……。その時すぐに病院へ行っていれば、良かったんやけど。でも、赤ちゃんは順調に育っていますので、問題ありません。問題は母体の方です。とにかく、一週間ほど入院して安静にしてください。明日、産婦人科の病棟に移りますよって。他に何もなければ、これで。——おめでとうございます」

医師は再び頭を下げた。実禾と沙弓は呆然としたまま「ありがとうございました」と頭を下げ、処置室を後にする。

見舞客が少なく静かな廊下を、実禾と沙弓はゆっくりと肩を並べて歩く。

「――ビックリしたわ。ウチ、おばあちゃんになるんや」

「はい」

「実禾さん、アンタはお母さんやで……」

「はい」

「浩介、最後にどえらいもん、残して逝きよったなぁ……」

「はい……」

実禾の頬に涙が伝う。泣きながら、再び下腹部を両手で押さえた。

間違いない。ここにいるのは、浩ちゃんと私の赤ちゃんだ。

「出産に備えて、しっかり養生するんやで」

「産んでも、ええんですか？」

「当たり前やろ！　何言うとんねん！　アンタのご両親が反対しはったら、ウチが実禾さんに加勢してやるさかい。だから――」

そこで沙弓は声を詰まらせた。ふくよかな頬に大粒の涙が零れる。

「安心して、元気な子供産んでや！」

「お義母さん……」

実禾はよろけそうになって、再び沙弓の腕にしがみついた。腕の感触は違うが、温かさは浩ちゃんと同じだ。道理で、どこか懐かしいと思った。

「お義母さん」

「ん？　どしたん？」

「安心したら、お腹が空きました」

実禾は、今度は両手で上腹部をさする。沙弓に聞こえるぐらい、ぐうぐう鳴っている。自分の腹の音におかしくなり、実禾は笑いだしてしまった。沙弓は焦った様子で、

「何やの、実禾さん、急に……。ほんま、困った子やわ」

「すみません……」

「病室に帰ったら、阿闍梨餅もあるし、マカロニもあるし、出町ふたばの豆餅もあるで」

「そんなん食べさせちゃ、ダメです。まずは消化の良いお粥か、スープにしたってください。しばらく食べてなかった人にそんな固形物与えたら、胃がビックリして消化不良起こしますよ」

背後から急にハキハキと声をかけられ、沙弓は飛び上がる。廊下の中央に立っていたのは、さっき検温に来たベテラン看護師だった。

「分かりましたわ……。ホンマ、すんません」

しゅんとして頭を下げる沙弓に、看護師は「おめでとうございます」と微笑み、すぐにその場から去って行った。

病室に戻り、実禾は再びベッドに横になる。沙弓は自らの派手な腕時計を見ながら、

「夕飯の時間は午後六時やったな？　まだ三時間もあるよって、ウチ売店で何か軽食を買うて来るわ」

「すみません……」

「何も遠慮せんと！　これからは二人分食べなあかんよ」

沙弓はそう言い残し、他の患者を気遣ってか、早歩きで病室を出て行った。

窓の外に目をやると、いつの間にか土砂降りは止み、雲の隙間から日光が射していた。

祇園囃子が聞こえた気がして、実禾はベッドに横になったまま、光に向かって両手を振った。

「浩ちゃん。ウチ、浩ちゃんの子供、頑張って育てるから。――見ててな」

エピローグ

都倉は、迎えに来た中京署の女性署員に与島実禾を託した。与島は「加賀谷先生にもよろしくお伝えください」と、深々と頭を下げてからパトカーに乗り込んだ。都倉は東大路通を南下し小さくなってゆくパトカーを見送った後、医学部四号棟へ戻った。法医解剖室のドアを開けると、久住しかいなかった。柊教授と千夏はすでに警察官控室へ向かったという。久住は一人残り、解剖台の洗浄をしていた。今日の解剖は左腕だけだったので、解剖器具をほとんど使っておらず、解剖台もさほど汚れていない。後片づけは楽らしい。鼻唄(はなうた)を歌うなどして余裕そうだ。

中京署の捜査員も、一部の者は車で待機しており、係長は警察官控室に行ってしまったようだ。都倉も久住に別れを告げ、警察官控室へ向かうことにした。

廊下の途中で、千夏が誰かとスマートフォンで話しているのが見えた。会話を聞くのが躊躇(ためら)われ、遠慮がちに横を通り過ぎたが、珍しく千夏が感情的になっていたので、思わず耳をそばだててしまった。

「DNAの再鑑定？　何で、いまさらそんたごどする⁉　凶器から第三者のDNA見つかったがらって、遅すぎるで！　そんたごどしたって、父さんど母さんは帰って来ねえもの。とにかく、今年のお盆も帰らねえど」

千夏の秋田訛りを初めて聞いた。北條の訛りは何度か聞いたことがあるが、大阪生まれの都倉には難解だった。おそらく電話の相手は、秋田にいる親類なのだろう。

何を話していたのかほとんど分からないが「凶器」や「DNA鑑定」など、聞きなじみのある言葉に、都倉は困惑した。

幸い、千夏は都倉が背後を通ったことに気づいておらず、まだ会話を続けていた。

今まで見たことのない千夏の様子に、都倉は気が気でならない。警察官控室のドアをノックすると、中から柊教授の「どうぞ」という力強い声が聞こえ、少し安堵した。

しかし、それでも動悸が止まらず、胸を押さえながら警察官控室に入った。室内には柊教授の他、中京署の係長ともう一人の捜査員がいて、二人はすぐに立ち上がった。

「都倉検視官、遺族対応をお任せして、申し訳ございませんでした！」

「ああ……。気にせんといて」

そちらはもう解決した。問題は千夏の電話だ。聞いてしまった後悔と罪悪感が一気に押し寄せる。

「どうしたの？　都倉さん。具合でも悪い？」

「いえ、すみません。ちょっと動悸がして……。何や、疲れですかね。ははは」

「もしかして、私にときめいたんじゃないの？　なんてね」

「えっ⁉」

都倉の反応が面白かったのか、男たちは笑った。

「図星？　参ったなぁ。今度から解剖室にオシャレして来ないと。あ、でも解剖着だから無理かな」

いつもなら「セクハラですよ」と怒るふりをするところだが、都倉も思わず笑ってしまった。こんな時、柊教授の軽口がありがたい。いつの間にか、動悸はすっかり治まっていた。都倉は柊の向かい側に座った。

その時、千夏が静かに警察官控室へ姿を現した。千夏は柊の隣に座ったが、都倉は千夏の顔を見られず、顔を伏せながら様子を窺った。

千夏は感情的な電話が嘘のように、いつものポーカーフェイスだ。都倉は目を合わせないように書類に視線を落とすが「凶器」と「DNA鑑定」の言葉が、頭の中でぐるぐると回る。まさか、千夏の家族は――。

「都倉さん、今回のDNA鑑定は……」

「えっ？　は、はい⁉」

柊から問いかけられ、素っ頓狂な声をあげてしまった。ダメだ。どうしても忘れられない。さっき聞いた言葉に反応してしまう。

「どうしたの？　急に大きな声を出して」

「あ……いえ。別の事を考えていました。——すみません」

「都倉さんは、たくさんの事件を抱えておられるからなぁ」

と、柊は同情してくれた。

その時、千夏と目が合った。

千夏は澄んだ瞳で都倉をまっすぐに見つめてきた。柊との会話が途切れたタイミングで、珍しく千夏から都倉に話しかけてきた。

「都倉さん。さっきの婚約者の方は、大丈夫でしたでしょうか……？」

「ええ……。大丈夫やと……思いますが……」

パトカーに向かう与島実禾の足取りはしっかりしていたが、しばらく哀しみが癒えることはないだろう。彼女の今後が心配だが——。

「与島さん、加賀谷先生のお言葉で救われたようでした。正直、あの場でどうしていいか分からんかったんです。助かりました。ありがとうございました」

都倉が頭を下げると、千夏の瞳が揺らぎ、口元が少し動いた。照れているのだろう。

都倉には千夏の表情から喜怒哀楽が読めるようになっていた。

「加賀谷先生のお言葉、私も聞きたかったなぁ」

柊が会話に割り込んできた。

「教えてよ、都倉さん。加賀谷先生、どんなことを話したの？」

「内緒です。女同士のヒミツってことで」

都倉が「ね、先生」と笑いかけると、千夏は目を細めて頷(うなず)いた。

本書は書き下ろしです。

遺体鑑定医　加賀谷千夏の解剖リスト
溺れる熱帯魚

小松亜由美

令和6年 11月25日　初版発行

発行者●山下直久

発行●株式会社KADOKAWA
〒102-8177　東京都千代田区富士見2-13-3
電話　0570-002-301（ナビダイヤル）

角川文庫 24400

印刷所●株式会社暁印刷
製本所●本間製本株式会社

表紙画●和田三造

●お問い合わせ
https://www.kadokawa.co.jp/（「お問い合わせ」へお進みください）
※内容によっては、お答えできない場合があります。
※サポートは日本国内のみとさせていただきます。
※Japanese text only

ISBN 978-4-04-115016-0　C0193

◇◇◇

角川文庫発刊に際して

角　川　源　義

第二次世界大戦の敗北は、軍事力の敗北であった以上に、私たちの若い文化力の敗退であった。私たちの文化が戦争に対して如何に無力であり、単なるあだ花に過ぎなかったかを、私たちは身を以て体験し痛感した。西洋近代文化の摂取にとって、明治以後八十年の歳月は決して短かすぎたとは言えない。にもかかわらず、近代文化の伝統を確立し、自由な批判と柔軟な良識に富む文化層として自らを形成することに私たちは失敗して来た。そしてこれは、各層への文化の普及滲透を任務とする出版人の責任でもあった。

一九四五年以来、私たちは再び振出しに戻り、第一歩から踏み出すことを余儀なくされた。これは大きな不幸ではあるが、反面、これまでの混沌・未熟・歪曲の中にあった我が国の文化に秩序と確たる基礎を齎らすためには絶好の機会でもある。角川書店は、このような祖国の文化的危機にあたり、微力をも顧みず再建の礎石たるべき抱負と決意とをもって出発したが、ここに創立以来の念願を果すべく角川文庫を発刊する。これまで刊行されたあらゆる全集叢書文庫類の長所と短所とを検討し、古今東西の不朽の典籍を、良心的編集のもとに、廉価に、そして書架にふさわしい美本として、多くのひとびとに提供しようとする。しかし私たちは徒らに百科全書的な知識のジレッタントを作ることを目的とせず、あくまで祖国の文化に秩序と再建への道を示し、この文庫を角川書店の栄ある事業として、今後永久に継続発展せしめ、学芸と教養との殿堂として大成せんことを期したい。多くの読書子の愛情ある忠言と支持とによって、この希望と抱負とを完遂せしめられんことを願う。

一九四九年五月三日

角川文庫ベストセラー

遺体鑑定医 加賀谷千夏の解剖リスト　小松亜由美

研ぎ澄まされた観察眼と、卓越した指先を持つ法医解剖医・加賀谷千夏。彼女のもとに持ち込まれるさまざまな異状死体には、意外な死の真相が隠されている。圧倒的なリアリティで描き出す、法医学ミステリ！

狩人の悪夢　有栖川有栖

ミステリ作家の有栖川有栖は、今をときめくホラー作家、白布施と対談することに。「眠ると必ず悪夢を見る」という部屋のある、白布施の家に行くことになったアリスだが、殺人事件に巻き込まれてしまい……。

濱地健三郎の霊（くしび）なる事件簿　有栖川有栖

心霊探偵・濱地健三郎には鋭い推理力と幽霊を視る能力がある。事件の被疑者が同じ時刻に違う場所にいた謎、ホラー作家のもとを訪れる幽霊の謎、突然態度が豹変した恋人の謎……ミステリと怪異の驚異の融合！

こうして誰もいなくなった　有栖川有栖

孤島に招かれた10人の男女、死刑宣告から始まる連続殺人――。有栖川有栖があの名作『そして誰もいなくなった』を再解釈し、大胆かつ驚きに満ちたミステリにしあげた表題作を始め、名作揃いの贅沢な作品集！

濱地健三郎の幽（かくれ）たる事件簿　有栖川有栖

南新宿にある「濱地探偵事務所」には、今日も不可思議な現象に悩む依頼人や警視庁の刑事が訪れる。年齢不詳の探偵・濱地健三郎は、助手のユリエとともに、幽霊を視る能力と類まれな推理力で事件を解き明かす。